황은덕 소설가의

공감 공부

황은덕
소설가의
공감공부

해피북미디어

머리말

이 책에 실린 글들은 지난 5년여 동안 신문 칼럼으로 발표된 바 있습니다. 이 글을 쓰는 동안 우리 사회에 참으로 많은 일들이 일어났습니다. 세월호 비극의 아픔 속에서 시작된 2016년 하반기의 촛불집회와 대통령 탄핵, 2017년 3월 새 정부 출범과 이듬해의 남북정상회담, 인권 운동과 미투 운동, 그리고 코로나19 확산에 이르기까지 역사적으로나 개인적으로 모두가 한 번도 경험하지 못한 격변의 세월이었습니다. 이 시기 동안 저도 수많은 다른 이들처럼 당황하고 혼란스럽고 고통스러워 어쩔 줄 몰랐습니다. 그리고 다른 많은 이들처럼 이러한 사회현상과 개인적 경험들을 이해하려고 노력했습니다.

그러므로 이 글들은 격변의 시간 속에서 삶의 방향성을 찾으려고 시도한 흔적이자 공감을 다짐하는 기록물인 셈입니다. 공감 능력은, 글쓰기가 그러하듯이, 타고난 것이 아니라 넓은 의미의 공부를 통해 훈련하고 습득할 수 있습니다. 즉

시와 소설과 인문학과 여행과 영화와 타인과의 만남 등을 통해서 우리는 공감을 공부합니다. 다만 우리는, 타인과 세계를 온전히 공감할 수는 없다는 절망과 그럼에도 불구하고 내 몫의 역할은 오롯이 실천할 수 있다는 희망을 동시에 붙잡아야 할 것입니다.

하나의 선택은 새로운 길을 만나게 하고, 그것은 또 다른 삶의 선택지로 나를 안내합니다. 공감에 가닿으려는 저의 공부의 순간들이 그대에게도 잠시나마 의미 있는 시간이 되기를 진심으로 바랍니다.

2021년 겨울에
황은덕

차례

3부 레위니옹에서 온 손님

(6부) **공존의 방식**

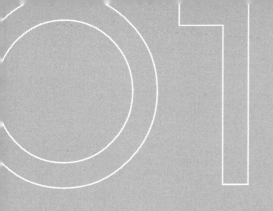

1부
당신의 고통

"고통에 공감하는 방식은 제각각 다르다. 그리고 모두 소중하다."

두려움과 마주하기

어린 시절, 가족과 바닷가에 놀러 갔다가 물에 빠진 적이 있다. 오래전 일이라 전후 사정은 잘 기억나지 않지만 유독 한 장면, 검은 물속으로 뒤통수가 빨려들던 순간의 공포심은 좀체 잊히지 않았다. 물에 대한 두려움은 그렇게 시작되었다. 배를 타거나, 다리 위를 걷거나, 심지어 자동차로 광안대교를 달릴 때조차 울렁증이 일었다. 끝내 수영을 배우지 못했던 것도 그런 이유였다. 물에 들어가면 숨이 가쁘고 머리가 지끈거리고 온몸이 굳어졌다.

강사로 일하는 부산대 교내에 몇 개월째 같은 대자보가 붙어 있다. 학생회관 1층의 대자보를 그냥 지나치기란 쉽지 않은데, 점심시간에 강사연구실을 나와 식당으로 가려면 게시판 앞을 지나야 한다. 「두려움의 구름을 걷어내자」. 고(故) 고현철 교수를 추모하며 학내의 동료 교수가 쓴 글이었다. 재정지원금이라는 명목하에 돈줄을 쥐고 흔들며 대학의 자율화와 민주화를 억압하는 정부의 행태에 다 함께 의연하게 맞서

자는 내용이었다.

하도 읽었더니 첫 문장이 저절로 외워졌다. "(두려움의) 구름은 명확하지도 않고 어떻게 보면 실체가 없으면서 우리의 시야를 어둡게 만듭니다." 고현철 교수의 투신 이후 학내 민주화를 진행하면서 혹시나 정부지원금을 받지 못해 대학이 손실을 입지 않을까 두려워하는 구성원들을 다독이고 독려하는 글이었다.

지금처럼 학생회관 식당을 애용하기 전, 북문 근처 학교식당에서 점심을 먹었다. 그리고 그곳에서 종종 고현철 교수와 합석했다. 북적이는 점심시간이 지나 식당에 도착하면 강의를 마치고 혼자서 늦은 식사를 하는 고현철 교수가 눈에 띄었다. 비빔밥에 고추장을 빼고 싱겁게 간을 하여 느릿느릿 밥을 먹던 고 교수는 나와 동료를 발견하면 웃으면서 합석하기를 권했다. 도덕 불감증, 지식인의 역할 등이 언급되기도 했지만, 점심시간의 화제는 대부분 그저 그런 문단 이야기와 세상 이야기 등이었다. 고현철 교수가 세상을 떠난 후 한동안 그 식당에 가지 못했다. 식당 테이블 어디에선가 고 교수가 웃으며 손을 흔들 것만 같았다.

TV 드라마 〈송곳〉의 이수인 과장도, 고현철 교수가 그랬듯이, 투사의 이미지와는 한참이나 거리가 멀어 보였다. 말수 적고 소심하여 교통법규조차 위반한 적 없고, 평생 책만 읽으며 조용하게 살아갈 것 같은 사람이었다. 그래서인지 '푸르

미' 마트 종업원들과 함께 노조를 결성하고, 파업하고, 단식 투쟁을 하면서도, TV 화면에는 두려움이 가득한 이수인 과장의 얼굴이 자주 클로즈업되었다. '혹시 내가 이 사람들의 인생을 망치게 하지는 않을까', 망설이고 고뇌하면서도 그는 내면의 목소리를 따라 뚜벅뚜벅 자기 삶을 향해 걸어갔다.

"다음 한 발이 절벽일지도 모른다는 공포 속에서도… 껍데기 밖으로 기어이 한 걸음 내디디고 마는 그런, 송곳 같은 인간."

만약 우리가 살아가는 세상이 자유, 정의, 평등 같은 가치의 실현을 위해 조금씩이나마 진보하는 중이라면, 우리는 '그런, 송곳 같은' 사람들에게 엄청난 빚을 떠넘긴 채 살아가고 있는 것이다.

올 한 해, 우여곡절 끝에 수영의 기본기를 배운 나는 요즘 수영장에서 '자유 수영'을 즐기고 있다. 무엇보다도 가족과 주변 사람들의 격려와 도움이 컸다. 이제야 조금은 알 것 같다. 두려움이란 단숨에 극복하거나 정복하기보다는, 시간을 들여서 그것과 마주하는 것이라고. 그리고 '함께' 그것의 실체를 파악하는 과정을 거쳐야 한다고. (2015.12.24.)

당신의 고통

한국계 미국인 작가, 이창래의 『제스처 라이프』는 원래 위안부 소녀 '끝애'를 주인공으로 설정한 소설이었다. 근래에 노벨문학상 후보로 자주 거론되는 이창래는 당시 위안부 할머니들을 인터뷰하며 두 번째 소설을 집필 중이었다. 하지만 작가는 어느 날 갑자기 소설쓰기를 중단했다. "그분들의 이야기를 감당할 수 없다는 느낌, 실제로 일어났던 일의 진실을 절대 제대로 포착할 수 없다는 느낌"이 들어 그동안 써왔던 소설을 모두 지워버렸다.

이후 출간된 『제스처 라이프』의 주인공은 끝애가 아니라, 버마의 위안소에서 그녀를 만난 군의관 '하타'가 되었다. 한국 출신의 하타는 일본 가정에 입양된 후 성장했고, 버마 전선에서 군의관으로 복무하던 중이었다. 하지만 끝애가 겪은 불행 속에서 하타는 방관자 이상의 역할을 하지 않았다. 전쟁이 끝난 후 하타는 끝애와의 기억을 의도적으로 머릿속에서 도려냈다. 그리고 타인의 시선과 가치관에 자신의 삶을 꿰맞

추며 살아갔다. 소설의 제목은 삶의 핵심을 외면한 채 제스처 뿐인 일상을 살아가는 하타의 삶을 가리키고 있다.

또 다른 한국계 미국인 작가, 노라 옥자 켈러 역시 고(故) 황금주 할머니의 증언을 직접 듣고 단편소설을 썼다. 4년 동 안 일본군 성노예로 살았던 할머니의 증언은 작가를 충격 속 으로 몰아넣었다. 이후 켈러는 단편을 확장하여 첫 장편소설 『종군위안부』(Comfort Woman)를 발간했다.

『종군위안부』에는 압록강 북부 위안소로 끌려간 열두 살 소녀 '순효'의 삶이 생생한 육성으로 담겨 있다. '아키코 41' 로 불렸던 순효는 결국 탈출하여 선교사를 따라 미국으로 이 주했다. 하지만 이후에 그녀는 단 한순간도 행복할 수 없었 다. 소설 속의 순효는 말한다. "열두 살 되던 해 나는 살해당 했다." 책의 헌사에서 작가는 '희생된 모든 종군위안부를 위 하여' 이 소설을 썼다고 밝혔다.

1982년에 발표된 윤정모의 중편소설 「에미 이름은 조센 삐였다」는 내용과 형식 면에서 가위 놀라웠다. 당시만 해도 대중에게 거의 알려지지 않았던 역사적 사실이 작가에 의해 비로소 낱낱이 드러나고 까발려졌다. 위안부였던 어머니가 아들을 앞에 앉혀두고 자신의 경험을 직접 들려주는 설정은 시사적이었다. 패전한 일본군이 위안부들을 전쟁터에 그대로 버려두거나 살해했다는 내용은 경악스러웠다. 열여덟 살 '순 이'는 그저 평범한 농촌 처녀였다. 하나뿐인 오빠의 징용을 대신해 군 세탁부 일을 자원한 착한 여동생이었다. 하지만 필리핀에 도착한 그녀는 '조센삐 긴 밤 삼 원'으로 불리며 일본군 성노예가 되었다. 귀국 후 순이는 자신이 목숨을 구해준 부상병과 결혼하여 아들을 낳지만, 남편은 끝내 그녀와 아들을 가족으로 인정하지 못했다.

끝애, 순효, 순이, 그리고 이 땅의 수많은 위안부 할머니들을 생각한다. 이창래가 고백했듯이, 그분들의 이야기를 감당하거나, 그 고통을 온전히 이해하는 건 불가능한 일일 것이다. 결국, 우리 모두는 당신의 고통 바깥에 존재하는 타인인 것이다.

하지만 역설적으로, 누군가의 삶에 공감하고 자기 몫의 역할을 하는 건 그리 어렵지 않은 일인지도 모른다. 그동안 써왔던 소설을 과감하게 버리고 화자를 바꾸거나, 단편소설을 확장하여 장편소설을 출간할 수 있을 것이다. 칠순의 작가 윤정모가 그러하듯이 수요집회에 참여해 낭독문을 읽을 수 있을 것이다. 혹은 당신과 나처럼, '평화의 소녀상'을 찾아가 말없이 꽃 한 송이를 놓아둘 수 있을 것이다.

고통에 공감하는 방식은 제각각 다르다. 그리고 모두 소중하다. (2016.1.14.)

잔혹한 시절

　딸아이와 TV를 시청하고 있을 때였다. 생방송 뉴스를 진행하던 앵커가 갑자기 당혹스런 표정을 감추지 못하고 이렇게 말했다. "잠깐 드릴 말씀은, (코너의) 내용이 사실 부모님과 아이들이 함께 보기에 좀… 부적절할 수도 있다는 생각을 했습니다." 이어서 그는 뉴스에도 15세 이하 시청불가가 있다면 오늘은 그러고 싶다, 잠시 채널을 돌리셔도 좋다, 라고 말했다. 그 순간 새삼 옆에 앉은 딸아이를 돌아보았다.

　그날 방송된 '팩트체크'에서는 부천 초등생 시신 훼손 사건과 여중생 미라 사건을 포함해 최근 몇 년간 우리 사회에서 일어난 비속살해 사건의 실태를 분석했다. 방송의 결론은 자녀를 엽기적인 방식으로 학대하거나, 살해에 그치지 않고 시신을 훼손하는 경향이 해가 갈수록 늘어간다는 것이었다. 또한 이러한 패륜 범죄가 설 명절로 가족이 다 같이 모이는 2월에 가장 많이 발생하며, 살해 동기는 가정불화, 경제문제, 정신질환의 순서라는 것이었다.

비록 20대 초반이라고 할지라도 딸과 함께 시청하기에는 확실히 불편하고 부적절한 내용이었다. 하지만 정작 딸아이의 반응은 심드렁했다. 스마트폰을 켜면 수시로 접하는 사건들이며, 더 엽기적인 드라마나 영화도 문제없이 소화한다는 거였다. 보도 내용에 대해 염려와 당부를 하는 뉴스 앵커나, 앵커의 우려에 동의하는 엄마를 오히려 순진한 어린애 취급하는 눈치였다. 우리 자녀들이 어느 사이에 이렇게 맷집이 두둑해졌는가.

인간의 본성은 과연 어떤 것일까? 콜린 윌슨이 『인류의 범죄사』에서 밝혔듯이 인간은 과연 뼛속부터, 네안데르탈인과 크로마뇽인 시절부터 폭력성과 잔인성을 유전자에 새긴 것일까? 혹은, 인간에게 범죄는 '인간 진화의 불행한 노폐물'인 것인가? 그렇다면 자식을 살해하고 시신을 집 안에 방치한 채 태연히 일상생활을 이어가는 부모는 과연 어떤 종류의 진화의 노폐물이 쌓인 것인가?

부천의 두 사건이나 고성의 암매장 사건 모두 부모가 자녀를 폭력으로 훈육했던 공통점이 있다. 이들 부모는 각각 '이유가 있어서 때렸다', '말을 듣지 않았다', '교회 헌금을 훔친 것이 의심되었다'라는 이유로 범행을 저질렀다. 즉 이들의 자녀 학대는 생활고를 포함한 경제문제에서 비롯된 게 아니었다.

중앙아동보호전문기관의 2014년 자료도 하나의 시사점

을 던져준다. 통계에 의하면 아동학대 가해자의 80%가 친부모이며, 학대의 동기는 가해자 개인특성(30.7%), 양육태도 및 훈육문제(28.6%), 경제적 문제(16.8%) 순서라는 것이다. 이제 자녀학대의 가장 큰 동기는 경제문제를 넘어서고 있다.

그렇다면 일견 평범하고 정상적으로 보이는 사람들의 폭력성과 엽기적 행동을 어떻게 설명해야 할까? 어쩌면, 콜린 윌슨 식으로 말하자면, 이제야말로 우리 사회의 진화의 방향을 근본적으로 고려해야 할 시기가 온 건지도 모른다. 장기결석 아동 전수조사나, 관계자 신고제 등은 그동안 은폐되었던 문제를 만천하에 드러낼 것이지만, 사건의 본질은 해결할 수 없을 것이다. 무엇이 우리의 이웃을 엽기적인 살인자로 변모시키는지, 복잡한 그물망처럼 얽혀 있는 사회적 시스템과 안전망을 찬찬히 점검해야 할 시기인 것이다.

공동체 의식이 사라진 시대에 폭력을 훈육의 수단으로 삼는 부모들. 폐쇄적 가족주의와 폭력 문화가 결합하여 만들어 낸 우리 시대의 일그러진 얼굴들이다. 잔혹한 시절, 이제 더 이상 자녀와 나란히 소파에 앉아 저녁 뉴스를 시청할 수 없는 세상이 되었다. (2016.2.24.)

미안해, 사랑해

"타서는 안 될 배였다."

소설가 박민규의 추모 에세이 「눈먼 자들의 국가」는 이렇게 시작된다. 그는 조목조목 짚어간다. 그 배는 일본에서 18년이나 운항된 낡은 배였고, 폐선 절차를 밟아야 하는데도 정부의 규제 완화로 인해 수입된 선박이었으며, 더 많은 승객과 화물을 싣기 위해 무리한 개조와 증축이 이루어졌고, 선장은 비정규직이었고, 일등 항해사와 조기장은 출항 전날 채용된 직원이었다고 말이다.

결국 세월호는 바닷속으로 가라앉았다. "그런데 보다 잔혹한 일은 그 뒤에 일어났다." 해경은 승객을 구조하지 않았고 정부는 우왕좌왕했다. 언론은 오보를 내보냈다. 국민이 충격에 빠져 있을 때 국가안보실장과 정부 대변인은 '청와대 국가안보실은 재난 컨트롤타워가 아니다'라고 말했다. 대통령은 사건 발생 6일 만에 처음으로 참사에 대해 언급했다. 그것도 희생자 가족이나 국민을 향해서가 아니었다. 그날 대통령은 정부 관료들이 모인 자리에서 선장과 선원들이 '살인자에 가깝다'라고 비난했다. 국가수반으로서 책임감을 느낀다거나 사과의 말을 한 게 아니었다. 며칠 후에야 대통령은 눈물을 흘렸고 대국민 사과를 발표했다. 참담한 세월이 그렇게 흘러갔다.

그리고 다시 4월이 되었다. 올해도 어김없이 꽃이 피고, 파릇한 새순이 돋고, 온몸을 간질이는 훈풍이 분다. '열흘 벚꽃'이 안타까워 일부러 꽃길을 찾아 걷는다. 하지만 봄은 더 이상 예전의 봄이 아니다. 사방에서 돋아나는 여리고 순한 초록빛이 눈물겹다.

지난 2년 동안 수많은 시민들이 상처와 수치심으로 참담했다. 하지만 여전히 아무것도 해명되지 않았다. 지난달의 세월호 특조위 2차 청문회는 진실을 밝히기는커녕 오히려 사건을 더욱 미궁 속으로 빠트렸다. 발표된 AIS 항적은 미심쩍었고 자료는 누락되었다. 항적과 교신 내용의 조작 의혹도 보였다. 그런데도 유병언이 사망했고 이준석 선장이 무기징역을 선고받았으니 다 끝난 것인가. 이제 모든 걸 잊고 투표장으로 가서 지난번의 그 국회의원을 다시 선택하면 되는 것인가.

세월호의 주범은 신자유주의 시스템과 무능한 정부, 둘 다라는 것에 여러 학자들은 동의한다. 이명박 정부가 2009년에 20년 선령 제한을 30년으로 늘리지 않았다면 그 선박은 수입되지 않았을 것이다. 또한 정부가 공익을 위한 제동장치를 마련했거나 아니면 최소한 정상적으로 안전점검을 실시했더라면, 비용 절감과 이윤 극대화만을 추구하는 기업이 그처럼 무분별하게 선박 개조나 증축을 하지 못했을 것이다. 선장과 선원 대다수가 비정규직으로 채워지는 일도 줄었을 것이다.

단원고등학교 김영은 양은 침몰하는 배 안에서 친구의 휴대전화에 메시지를 남겼다. "엄마 미안해. 아빠도… 그리고 사랑해 정말."

미안해. 사랑해. 사실, 이 말은, 우리 모두가 희생자와 그 가족에게 건네야 할 말이다. 그런데 요즈음 희생자 가족들이 삭발과 단식을 감행하고 있다. 희생자 가족이자 국민으로서 당연히 요구해야 할 사항을 격한 방식으로 표현하고 있는 것이다. 우리는 그런 국가에서 살고 있다.

박민규의 추모글은 노벨문학상 수상 작가인 주제 사라마구의 소설 『눈먼 자들의 도시』에서 제목을 차용했다. 소설 속에서 물질적 가치에 눈먼 대중들은 실명의 전염병에 걸린다. 이 시대에 만연한 가치관의 붕괴가 은유적으로 표현된 것이다.

오늘, 세월호를 다시 기억한다. 진실은 여전히 물속 깊숙이 수장되어 있고, 슬픔은 망각과 조롱에 시달리고 있다. (2016.4.7.)

어떤 전시회
-'노 디렉션 홈'

오전 10시의 갤러리는 고요했다. 맞은편으로 경복궁 담장이 보이는 출입문을 들어서자 첫 번째 회화가 눈에 띄었다. 작품 제목 〈널 먹기 위해 입을 벌린다〉. 고개를 갸웃하며 그림 앞에 선다. 철제 난간과 창문과 가로등과 닫힌 문들. 도시 풍경임이 분명한데 전체 이미지가 흔들리고 기우뚱거리며 비틀려있다. 그런데도 엄청난 에너지와 역동성이 느껴진다. 또 다른 작품, 〈스테이지 다이브〉. 크기가 4미터에 이르는 이 회화는 내면의 지진을 표현한 듯 이미지가 일렁이고 휘어지고 휘몰아친다.

전시회에 다녀와야겠다고 생각한 건 우연히 신문기사를 읽고서였다. 세계적인 화가로 돌아온 한인 입양인, 진 마이어슨. '노 디렉션 홈' 개인전. 언론에 종종 소개되는 입양인의 성공 스토리라고 여기기엔 그림에서 풍기는 기운이 기묘하고도 강렬했다. 전시회 제목은 밥 딜런의 노래, 〈구르는 돌멩이처럼〉의 가사에서 따왔다. '구르는 돌멩이처럼 돌아갈 집 없고

아는 이 없네.' 1972년 인천에서 출생하여 네 살 때 미국 미네
소타로 입양된 작가의 얼굴이 낯설지 않았다. 그러고 보니 내
가 아는 입양인 친구들과 어딘가 닮은 모습이었다.

요즘 다시 해외 입양인 친구들과 활발하게 소식을 주고받
던 참이었다. 2년 전, 친부모를 찾기 위해 방한했지만 별 소
득 없이 벨기에로 돌아갔던 한 친구는, 우여곡절 끝에 지금
DNA를 확인하는 과정에 있다. 또 다른 친구는 지인의 출생
지에 가족 정보가 남아 있는지 확인해 달라고 부탁해왔다. 몇
년 전, 드디어 친생모와 상봉한 그 친구는 이런 식으로 주변
의 입양인들을 내게 소개하곤 한다.

진 마이어슨 작가의 경우처럼, 나의 입양인 친구들은 대부
분 1970년대에 이 나라를 떠났다. '한강의 기적'이라 불리며
우리가 눈부신 경제성장을 이룩한 1970년대와 1980년대에
해외 입양아 숫자는 역대 최고치를 기록했다. 전쟁고아를 구
제하기 위해 1953년에 처음 시행된 해외입양정책이 어찌하여
그 시기에 호황기를 맞이한 것인가는, 1981년의 사회복지 예
산이 전체 예산의 2.9%였다는 사실에서 해답의 힌트를 얻을
수 있다. 근대화와 경제발전을 이룩하기 위해 정부는 복지대
상의 아동을 해외로 내보냈고 그 결과 예산을 절감하고 외화
를 벌어들일 수 있었다.

'그쪽에서 자랐으니 그만큼 성공하지 않았느냐'라고 누군
가는 말할지 모른다. 하지만 지금까지 한국을 떠난 입양아는

약 20만 명. 언론에 소개되는 극소수의 성공 사례를 제외하면 수많은 아이들이 거주국에서 인종차별과 부적응과 가난을 겪으며 고통스럽게 살아왔다.

국내의 친생부모가 아기를 포기하는 이유는 경제적 궁핍, 가정 폭력, 한부모에 대한 사회적 편견 등 매우 다양할 것이다. 중앙입양정보원에 따르면 최근에는 가정 해체로 인한 요보호 아동이 꾸준히 증가하고 있다. 가정 해체의 주원인이 경제문제이고 보면, 결국 저소득층과 한부모를 위한 사회복지 정책의 강화가 필요하다. 늦었지만 이제라도 '고아 수출국'이라는 오명에서 벗어나 우리가 아이들을 지킬 수 있는 방법을 모색해야 하는 것이다.

진 마이어슨의 작품은 얼핏 보면 황량한 도시 풍경을 그린 것처럼 보인다. 하지만 회화와 디지털 기술을 접목한 그의 작품들은 모두 내면의 장소를 표현한 것이라고 한다. 작품 제목 〈4차원의 향수병을 앓는 우울〉. 어지러운 색의 소용돌이 속으로 시공간이 허물어지고 뭉개지고 일그러져 있다. 입양인의 원초적 상처가 드러난, 슬픈 전시회였다. (2016.4.28.)

'채식주의자'와 폭력

한강의 『채식주의자』가 맨부커상을 수상한 날, 거실 책장에서 그 소설을 찾아보았다. 『창작과비평』 2004년 여름호. 중편 「채식주의자」가 처음 실렸던 문예지이다. 내친김에 한강의 모든 소설을 찾아보았다. 2005년 이상문학상 수상작 「몽고반점」, 5·18민주화운동을 배경으로 한 『소년이 온다』 그리고 또 다른 수상작인 단편소설 「눈 한 송이가 녹는 동안」 등등, 그녀가 발표한 거의 모든 소설을 찾아냈다.

『소년이 온다』를 읽기 전까지, 나는 한강이 궁극적으로 탐미주의를 지향한다고 생각했다. 시로 먼저 이름을 알렸고 틈틈이 문예지에 시를 발표했던 작가인지라, 소설 문체 역시 섬세하고 상징적이었다. 소설의 소재 역시 '함부로 말할 수 없는 것들'을 다루고 있어서 매번 주제가 선명하게 다가오는 건 아니었다. 나로서는 그런 점이 좋았다. 문체 자체가 주제와 소재를 구성하는 미학적 감각이 좋았다. 동성애자, 채식주의자, 장애인, 패륜아, 5·18민주화운동 희생자 등 한강 소설의 주인공들은 거의 모두 주류문화가 비정상이라고 간주하는 인물들이다. 사회의 주변부로 내몰린 인물들은 한강의 시적이고 상징적인 문체에 힘입어 겨우, 미학적으로나마, 존재의 이유와 정당성을 옹호받았다.

중편 「채식주의자」를 처음 읽었을 때의 놀라움은, 사실은 「몽고반점」의 충격에 비할 바가 아니었다. 이 두 소설은 이번에 맨부커상을 수상한 연작소설집에서 3부작의 1부와 2부로 묶여 있지만, 사실은 중편으로 따로따로 발표된 작품이었다. 「채식주의자」는 남편이 1인칭 주인공으로 등장하여 채식을 시작하면서 기괴하게 변해가는 아내의 이야기를 들려주는 소설이다. "나는 저 여자를 모른다."라는 소설 속 문장이 보여주듯이, 남편은 아내가 겪은 상처와 폭력을 이해하지 못한다. 「채식주의자」가 미식이나 식습관에 관한 이야기가 아니듯이 「몽고반점」 역시 처제와 형부의 정사라는 자극적 소재주의에 머물지 않는다. 그럼에도 불구하고 그 소설을 처음 읽었을 땐 상당히 충격적이었다. 극한의 방식으로 절대미를 추구하는 예술가 소설이라고 간주되는 이 소설은, 하필이면 처제의 엉덩이에 남아 있는 몽고반점을 통해 소멸되어 가는 예술혼을 되살리는 비디오 아티스트에 관한 이야기이다.

『소년이 온다』는 출간 직후 사놓고서 한동안 읽지 못했다. 가슴이 떨려 읽을 수 없었다. 5·18민주화운동에 관한 소설이라면, 임철우의 소설들을 읽었기에 조금은 안다고 생각했다.

그런데 한강이 광주의 5월을? 미학적인 방식으로 존재의 시원에 주목한다고 생각했던 작가가 계엄군의 총에 맞아 죽은 소년을 주인공으로 삼았다니, 그동안 작가를 제대로 이해하지 못했다는 생각이 들었다. "그러니까 광주는 고립된 것, 힘으로 짓밟힌 것, 훼손된 것, 훼손되지 말았어야 했던 것의 다른 이름이었다." 작가는 용산참사에서 광주를, 광주에서 또 다른 많은 비극을 보고 있다.

한강은 "내 작품의 뿌리는 5 · 18"이라고 말한다. 「채식주의자」가 개인들이 한 개인에게 가하는 폭력을 다루고 있다면, 『소년이 온다』는 국가가 개인들에게 가한 가장 극악한 폭력을 파헤친 소설이다.

전두환이 발포 명령을 부인하고, 〈임을 위한 행진곡〉이 여전히 의심의 눈초리를 받고, 수많은 사람들이 죽었지만 정부의 그 누구도 책임지거나 사과하지 않았던 한 주였다. 한강은 맨부커상 수상 소감에서 이렇게 말했다. "깊이 잠든 한국에 감사드린다." 한국과의 시차를 고려한 소감이었겠지만 내게는 중의적인 표현으로 다가왔다. 우리는 여전히 폭력에 무감하고, 희생자들을 쉽게 잊어버리며, 정치인에게는 지나치게 관용적이다. 우리의 시민의식은 아직도 깊은 수면에 빠져 있는 것인가. (2016.5.19.)

'여성혐오' 이데올로기

돌이켜 보면 서구문화는 여성혐오 서사에 기반을 두고 있다고 해도 과언이 아니다. 창세기의 이브를 생각해보자. 여성의 원형인 그녀는 "선악을 알게 하는 나무의 열매를 먹지 말라. 그것을 먹으면 반드시 죽으리라"는 하나님의 금지명령을 어겨 낙원추방의 처벌을 불러온다. 이와 비슷하게 그리스·로마 신화의 판도라와 프시케 역시 각각 신이 내린 금지명령을 어기고 항아리와 상자를 열어젖힌다. 이브, 판도라, 프시케의 공통점은 금기를 위반하고 불복종의 죄를 저질러 인류에게 재앙과 불행을 가져온 여성들이라는 점이다. 이렇듯 서구문화의 근간을 이루는 성서와 신화는 '여성의 위반과 인류의 재난'이라는 원형서사를 제공하였고, 여성은 위험하고 사악한 존재라는 이데올로기를 전파시켰다.

아이들이 즐겨 읽는 동화는 또 어떤가. 『신데렐라』, 『잠자는 숲속의 공주』, 『장화신은 고양이』 등을 남긴 샤를 페로는 프랑스 루이 14세 시대의 고위 관료였다. 오늘날 '동화의 아버지'로 간주되는 그는 대중과 어린이들에게 '교훈'을 가르치고자 민담을 동화 형식으로 기록했다. 그런데 페로는 동화를 쓰는 과정에서 원래의 민담 내용을 의도적으로 삭제하거나 바꾸어버렸다. 가령 자신을 학대한 계모를 단죄하고 아버지의 배가 귀환하지 못하도록 막으며 적극적으로 자신의 인생을 개척한 신데렐라는 페로의 동화에서 유리 구두를 신고 왕자의 선택을 기다리는 수동적인 여성으로 바뀌었다.

샤를 페로가 민담을 동화로 개작하면서 지표로 삼았던 건, 당연하게도, 프랑스 절대 왕정 시대의 가치체계와 규범이었다. 페로가 권유한 행동규범을 살펴보면 젊은 남성은 영리함, 야심, 사회적 지위 등을 확보해야 한다. 반면에 젊은 여성은 오직 훌륭한 남편감을 얻는 일이 인생의 목표이다.

시선을 우리 문화로 돌려도 상황은 엇비슷하다. 단군신화의 웅녀는 여성이 갖춰야 할 미덕인 복종과 인내심의 대명사가 되었다. 한국판 신데렐라 이야기라고 할 수 있는 『콩쥐 팥쥐』 역시 다양한 판본이 전승되었는데도 계모의 학대를 소극적으로 참고 견디는 콩쥐 이야기가 가장 널리 보급되어 있다. 조선시대 국가 이데올로기인 '효'를 강조한 『심청전』은 오늘날의 관점에서 보면, 부권 중심 사회에서 어린 딸을 산 제물로 바친 잔혹한 고소설이라고 할 수 있다. 또한 여성의 정조와 절개를 강조한 『춘향전』은 조선시대의 이상적 여성상인 절부(節婦)와 열녀를 찬양함으로써 이 땅의 수많은 여성들을 가부장제와 순결 이데올로기라는 억압적 전통 속에 갇히게 했다.

신화와 전래동화, 그리고 고소설은 얼핏 보면 각 시대를 살아가는 민중들의 집단 무의식과 보편적 사고를 반영하고 있는 것처럼 보인다. 하지만 오늘날 아이들이 즐겨 읽는 동화에는 프랑스 절대 왕정 시대에 페로가 신봉했던 이데올로기가 스며들어 있고, 우리의 전래동화와 고소설에도 여성을 지배와 종속의 대상으로 간주한 조선시대 가부장제와 부권 중심주의 이데올로기가 드러나 있다.

여성차별과 학대의 역사는 인류가 문화유산을 축적해온 시간만큼이나 유구하다. 강남역 인근의 화장실과 수락산 등산로에서 여성이 나타나기만을 기다렸던 가해자의 무의식에 여성혐오 이데올로기가 각인될 정도로 긴 시간이었다. 최근 발생한 일련의 사건들은 '약자로서의 여성'을 목표물로 삼았다는 점에서 사회문화적 맥락 속에서 이해되어야 한다. 여성과 어린이와 장애인과 성소수자를 향해 가해져온 저 유구한 폭력의 역사적 고리를 끊어 놓을 제도적 장치와 시스템이 필요하다. (2016.6.9.)

뜨거운 포옹

문학 언어가 무력해지는 순간이 있다. 은유나 상징 같은 문학적 표현으로는 도저히 진실을 드러낼 수 없다는 생각이 드는 순간. 짐작건대 김탁환 소설가가 소설 제목을 원래의 『포옹』에서 『거짓말이다』로 바꾼 건, 문학 언어가 지닌 한계를 절감했기 때문일 것이다.

그렇긴 해도, 소설 『거짓말이다』에서 가장 강렬한 장면은 포옹의 순간이다. 여기 민간 잠수사가 있다. 잠수복을 입고, 풀페이스 마스크를 쓰고, 물갈퀴를 신고, 허리에 웨이트를 두른 채 그가 서 있다. 그의 임무는 사망한 실종자를 찾아내 포옹한 후 함께 선내를 빠져나오는 일이다. 시야 20센티미터, 깊이 40미터의 침몰된 여객선 내부. 선체가 90도로 기운 탓에 복도의 폭이 높이로 바뀌었다. 온몸을 접거나 구부리거나 엎드려야 간신히 복도와 객실과 계단을 통과할 수 있다. 선내 구조물과 부유물은 언제라도 붕괴되어 흉기로 바뀔 수 있다. 그곳에서 소설의 주인공 나경수 잠수사는 사망한 남학생을 찾아내어 꼭 끌어안은 채 선내를 빠져나온다. 이 땅의 참혹한 비극이 만들어낸 뜨거운 포옹이다.

입수를 앞둔 잠수사들에게 진두지휘를 맡은 선배 잠수사가 이렇게 말한다. "실종자를 모시는 방법은 하나뿐이다. 두 팔로 꼭 끌어안은 채 모시고 나온다. 맹골수도가 아니라면 평생 하지 않아도 될 포옹이지."

나경수 잠수사가 맹골수도로 와 달라는 연락을 받은 건 4월 21일이었다. 배가 가라앉고 승객을 구조할 수 있는 72시간의 골든타임을 모두 보내버린 후, 구조가 아니라 수색과 수습을 위해 민간 잠수사들이 동원된 것이다.

실종자를 발견하면 잠수사들은 맨 먼저 말을 건넨다. 소설 속 나경수 잠수사도 4층 객실에서 가슴에 이름표를 단 남학생을 발견한 후 이렇게 말한다. "종후야! 올라가자. 나랑 같이 가자." 며칠 후 또 다른 여고생에게도 그는 이렇게 인사한다. "고마워. 와 줘서." 잠수사들은 사망한 실종자가 돕지 않으면 심해의 어둠 속을 결코 빠져나올 수 없다고 믿는다.

하지만 포옹을 마친 잠수사들은 엄청난 충격을 받는다. 잠수병을 비롯해 각종 질병에 시달리고, 마음 역시 깊은 상처를 받는다. 포옹을 직접 경험한 잠수사는 모두 민간 잠수사들이었다. 이전까지 물속에서 시신을 한 번도 못 본 잠수사가 대부분이었다. 나경수 잠수사 역시 극심한 후유증에 시달린다. 목 디스크, 골괴사, 배뇨 장애뿐만 아니라 환각과 환청 같은 극심한 마음의 병을 얻는다.

소설을 집필하기 전, 김탁환 소설가는 팟캐스트 방송 〈4·16의 목소리〉를 진행했고, 그 과정에서 수많은 사람들을 만나고 취재했다. 소설 중간중간에 실린 인터뷰는 작가가 직접 만나고 취재한 내용들이다. 주인공 나경수의 실제 모델이 된 고 김관홍 잠수사를 만난 것도 그 시기였다. 하지만 소설 속 주인공과는 달리, 고 김관홍 잠수사는 포옹의 후유증으로 지난 6월에 세상을 떠났다.

소설을 다 읽고 나면, 작가가 왜 제목을 『포옹』에서 『거짓말이다』로 바꿨는지 알 수 있다. 참사의 진실을 가리고 왜곡한 수많은 소문과 주장과 발표에 대한 작가의 대답이 바로 소설의 제목이다.

세월호 참사가 발생한 지 벌써 2년이 훌쩍 지났다. 하지만 진실은 밝혀지지 않았고, 진상 규명을 위한 노력은 여전히 험난하고 힘겹다. 재난과 참사의 시대를 살아가는 동시대인의 책무는 과연 무엇일까. 세월호 특조위와 유가족은 오늘도 광화문 광장에서 단식농성을 벌이고 있다. (2016.9.1.)

마음의 빚

일제강점기 배경의 영화를 본 후엔 마음이 편치 않다. 변절자 염석진(이정재)을 통쾌하게 처단한 〈암살〉, 국민의 측은지심에 호소한 〈덕혜옹주〉, 그리고 친일과 항일 사이의 회색경계지대를 다룬 〈밀정〉을 관람한 후에도 그랬다. 불편하고 석연찮았다.

〈암살〉은 판타지적 결말 때문에 홀가분한 기분으로 영화관을 나설 수 있었다. 그런데 뭔가 마뜩잖았다. 해방 후 친일세력이 심판을 받기는커녕, 미군정과 이승만 정권의 비호 아래 대대손손 잘살고 있다는 건 모두가 아는 사실이다.

이른바 '황옥 경부사건'을 모델로 한 〈밀정〉은 주인공이 다름 아닌 이정출(송강호)이라는 데 큰 의미가 있어 보인다. 이정출은 '회색인'이라 부를 수 있다. 친일과 항일 사이, 그 위태로운 회색지대를 살아가는 인물이다. 영화의 주인공이 왜 독립투사인 김우진(공유)이나 정채산(이병헌)이 아니라, 이정출이어야 했는지 알 것 같다. 이정출이야말로 일제강점기라는 억압의 시대가 낳은 모순적이고 문제적인 인물인 것이다.

그런데 이정출은 왜 갑자기 의열단을 돕기로 결심한 걸까? "마음의 빚을 이용하자는 겁니다."라고 의열단장 정채산은 말한다. 이정출이 조국에 대해 '마음의 빚'을 지녔다는 것이다. 그런 점에서 이정출이 옛 동지이자 독립투사인 친구를 잃는 영화의 첫 장면은 의미심장하다. 이정출이 의열단에 협조하게 된 또 다른 이유는, 총독부 경무부 내에서 자신의 지위와 영향력이 약해졌기 때문이다. 경무부장은 더 이상 그를 신뢰하지 않고 오히려 의심하는 눈치였다. 탄탄대로의 출셋길을 원했던 그는 직장 내에서 위기의식을 느꼈을 것이다.

일제강점기는 36년간이나 지속되었다. 생각해보면, 무섭고 아득한 일이다. 한 사람이 태어나 유아기와 청소년기와 청년기를 지나 장년기에 다다를 때까지의 긴긴 세월이다.

대표적 친일 문인으로 알려진 춘원 이광수도 처음부터 친일에 앞장선 건 아니었다. 이광수는 일본 유학시절 2·8독립선언서를 작성했고, 상해로 건너가 임시정부의 〈독립신문〉을 책임 편집했다. 그런 그가 이후 어떤 심경의 변화를 겪었기에 다음의 글을 신문에 싣게 되었을까.

"나는 지금에 와서는 이런 신념을 가진다. 즉 조선인은 전연 조선인인 것을 잊어야 한다고. 아주 피와 살과 뼈가 일본인이 되어 버려야 한다고. 이 속에 진정으로 조선인의 영생의 유일로(唯一路)가 있다고."

이광수가 이 글을 발표한 건 1940년 9월이었다. 태평양 전쟁을 눈앞에 둔 일본이 조선의 전 국토와 물자와 인력을 사정없이 침탈하던 시기였다. 그즈음 이광수는 조선의 미래가 오직 '내선일체'에 달려 있다고 굳게 믿었다. 그는 "일본은 우리의 조국이다. 우리는 생명으로써 이 조국을 지킬 것이라는 신념"을 가져야 한다고 외쳤다.

서정주 시인이 자신의 친일 행적에 대해 "일본이 그렇게 쉽게 질 줄 몰랐다."라고 변명했듯이 일제강점기를 살았던 대다수는 일본의 패망을 예측하지 못했다. "몰랐으니까… 해방이 될지 몰랐으니까. 알면 그랬겠어?" 영화 〈암살〉의 염석진 역시 이렇게 대꾸한다.

일제강점기에도 인생은 단 한 번만 주어졌다. 그 시절에도 누군가는 생계를 짊어진 가장이었고, 또 누군가는 안정된 직장을 희망하는 청년이었다. 불확실한 조선 독립의 미래를 위해 목숨을 걸었던 이들의 위대함이 바로 여기 있다. 친일과 항일 사이를 줄타기한 모호한 인물이 아니라, 흔들림 없이 대의를 좇았던 수많은 김우진과 정채산들에게 마음의 빚이 느껴지는 이유이다. (2016.9.29.)

달콤쌉싸름한 소설가

고 옥태권 소설가의 별명은 '마린 보이'였다. 1961년 경남 거제에서 태어나 한국해양대학을 졸업한 그는 몇 년간 상선을 타고 세계의 바다를 누볐다. 그는 자신을 "혈관 속까지 바닷물이 배인 사람"이라고 생각했다.

첫 소설집 『항해를 꿈꾸다』는 그래서, 당연하게도, 바다를 중심으로 이야기가 펼쳐진다. 선장과 선원과 공무감독과 선원의 아내, 그리고 심지어 무생물인 선박용 기계가 주인공으로 등장한다. 1994년의 등단작 「항해는 시작되고」역시 이런 글귀로 시작된다. "배라는 것은 가라앉을 때까지는 떠다니는 것이며, 또한 배라는 것은 건조될 때부터 가라앉을 운명이다." 인간과 배의 운명이 중첩되는 구절이다.

그런데 어느 순간부터 항해는 그에게 지루하고 서럽고 고독한 여정이 되었던 것 같다. 첫 소설집의 '작가의 말'에서 그는 "미치지 않기 위해 글을 썼다"고 고백한다. 망망대해에서 그가 느꼈을 그 미칠 듯한 우울감과 고독을, 그러나 생전의 그에게서는 좀체 감지할 수 없었다. 항상 재기발랄하고 다변이며 유쾌한 그는 자타 공인 만물박사이자 백과사전이었고, 박학다식의 대명사였다. 금속성이 약간 섞인 낮고 빠른 목소리로 조곤조곤, 어떤 화제든 막힘없이 설명하고 분석하고 논평했다.

『항해를 꿈꾸다』 이후 바다 사나이로서의 의무와 책무에서 어느 정도 벗어났던 것일까. 아니면 "배란 아니 삶이란 원래 사소하고 쪼잔한 것들의 총합"이라는 작중인물의 생각에 동조했던 것일까. 소설집 『달콤쌉싸름한 초콜릿, 이야기』에 이르면 더욱 다양한 인간 군상의 삶의 세목과 굽이굽이가 펼쳐진다. 아르바이트하는 젊은 여성, 회사원 가장, 분식집 주인, 택시 기사, 잡지사 기자 등의 일상이 작가의 활달한 입담과 필치로 묘파된다.

지난주 그의 빈소에서는 선후배 소설가들 사이에서 다양한 추억담이 줄줄이 흘러나왔다. 생전의 그라면 누군가의 말이 끝나기 무섭게 곧장 부연 설명할 내용들이었다. "환갑 되면 문인들 사진전 열겠다더니, 지가 먼저…" 그러고 보니 주변 문인들은 너나없이 자주 그의 카메라에 얼굴이 찍히곤 했다. 한 문우는 그에게서 받은 커피 선물세트를, 다른 문우는 며칠 전까지도 병실에서 농담을 즐기려 했던 그의 마지막 모습을 되새겼다.

"은유가 아니라 진짜로?" 오래전에 내가 들었던 그의 첫

마디는 이랬다. 오랫동안 미국에서 살다가 귀국했다는 내 얘기를 들은 후 그가 던진 말이었다. 부산소설가협회기 주관한 소설학당에서 그는 내가 속한 소그룹의 담임이었다. 그때 첫 과제로 제출한 단편소설이 이듬해 신춘문예에 당선되면서 나는 소설가가 되었다. 그래서인지 그 후로도 나는 그를 친절하고 속 깊은 담임으로 여겼다.

죽음을 가리켜 "가장 위대한 발명품"이라고 한 건 스티브 잡스였다. 잡스는 매일 아침 "만약 오늘 내가 죽는다면, 나는 과연 오늘 하려고 하는 일을 하겠느냐"라고 스스로에게 묻는다고 했다. 하지만 천재가 아니라 범속한 필부들인 우리는, 오늘 세상을 떠난다면 후회할 만한 일들을 지금 이 순간에도 행하고 말하면서 살아간다. 바다와 육지에서 아낌없이 울고 웃으며 후회하고 사랑한 소설 속 주인공들처럼 말이다. 그가 남긴 다음 글은 초콜릿이 아니라 인생 자체에 대해 말하는 것일 것이다.

"입에 넣는 순간 사르르 녹는 초콜릿은, 초콜릿이 아니다. 그대 마음의 입으로 베어 문 한 조각, 쌉싸름한 맛에 움찔하다가도 점점 달콤하게 저며 오는 색색의 맛을 느낄 줄 알아야 한다." (2016.10.20.)

우토로 마을과 소녀상

　일본 교토의 우토로 마을에 '에루화'라는 마을회관이 있다. 지난주 토요일, 부산 작가 20여 명이 마을회관(동포생활센터) 1층에 둘러앉았다. 벽면 곳곳에 울긋불긋한 그림과 손 편지가 걸려 있었다. "우토로에 삶과 희망을", "우토로 할아버지 할머니 힘내세요." 재일동포 3세 김수환 씨가 마을의 역사에 대해 차분차분 설명해주었다.

　일본 문학기행 둘째 날이었다. 그 전날엔 오사카 조선인 집단 거주지역인 쓰루하시를 방문했다. 이번 문학기행의 주제가 디아스포라였다. 재일 조선인 문학의 발상지인 쓰루하시, 우토로 마을, 윤동주와 정지용 시인의 시비가 있는 교토 도시샤대학이 주요 방문지였다.

　"우토로 문제는 역사적인 시각에서 다루어져야 합니다… 식민지배와 전쟁체제에서 발생했는데 국가가 빠지면서 국가 문제가 민간 문제로 바뀐 겁니다." 우토로 마을의 '건물수거 토지명도' 소송에 관한 김수환 씨의 설명이었다. 토지 소유권이 국책기업에서 민간 회사로 전매되는 과정에서 문제의 초점이 민간인 간의 소유권 분쟁으로 교묘하게 옮겨갔다는 얘기였다. 같은 이유로 그는 1965년 한일협정의 문제점을 지적했다. 한일협정이야말로 일제강점기의 조선인 강제징용과 전쟁 범죄에 대해 일본 정부에 면죄부를 준 거라는 거였다.

마을회관을 나오니 무너져가는 가건물이 눈에 띄었다. 예전의 함바(노무자 합숙소)라고 했다. 부서진 담장과 구멍 뚫린 마룻바닥, 간이용 이층 침대가 그대로 보존되어 있었다. 그 비좁은 공간에서 무려 열네 가족이 살았다고 한다.

대부분의 조선인 집단 거주지역이 그렇듯이 우토로 마을도 상습 침수 지역이었다. 상하수도 시설도 없었다. 비가 오면 도랑이 넘쳐흘러 집이 물에 잠겼고, 하수도가 범람했다. 하지만 갈 곳이 없었던 주민들은 오랜 세월 동안 이곳에서 정을 나누며 공동체를 가꾸었다.

일행이 마을을 떠날 즈음 할머니 한 분이 옆집에서 나오셨다. 마을의 최고령 주민이자 유일한 재일동포 1세인 강경남 할머니이다. 2015년 MBC 〈무한도전〉에 출연한 이후 여러 언론에 소개된 덕에 마을의 유명 인사가 되셨다.

"어데서 왔노?" 할머니의 물음과 일행의 대답이 이어졌다. "내 고향은 경남 사천이다." 짧은 커트 머리에 목도리를 두르고 의자에 앉은 할머니가 여덟 살에 고향 땅을 떠나온 이야기 보따리를 풀어놓았다. "날 좀 보소, 날 좀 보소, 날~좀 보~소

~ 동지섣달 꽃 본 듯이 날 좀 보소." 누가 청하지 않아도 할 머니는 중간중간 노래를 불렀다. 고국 사람들이 그리웠던 것 일까. 일행이 마을을 빠져나오는 동안에도 할머니는 못내 아쉽다는 듯 일행을 따라 함께 걸었다. 언제 또 뵐 수 있을까. 잘 가라고 손을 흔드는 할머니의 모습에 마음이 숙연해졌다.

부산에 돌아온 후 초량동 평화의 소녀상을 찾았다. 노란 색 목도리를 두르고 의자에 앉은 소녀. 우토로의 강 할머니와 비슷한 자세였다. 그런데 이 소녀야말로 식민지배와 전쟁체제에서 발생한 폭력을 가장 비극적으로 경험한 조선인 디아스포라가 아니었던가. 그렇기 때문에 우리 정부는 돈을 받은 대가로 일본에 면죄부를 주어서는 안 되는 게 아니던가. 문제의 초점은 우토로 마을이 그러하듯이, 식민지배와 전후 배상에 관한 역사 문제이자 인권 문제인 것이다.

1965년의 한일협정과 2015년의 한일 위안부 합의. 50년을 사이에 둔 아버지와 딸의 대를 잇는 실책에 시민들의 가슴이 멍들고 있다. (2017.1.12.)

3월에 여성의 삶을 생각한다

지난 3월 8일은 '세계 여성의 날'이었다. 그날 서울 광화문 광장에서는 여성들의 조기퇴근 시위 '3시 스톱(STOP)'이 열렸다. 왜 3시 퇴근일까? 현재 우리나라의 임금격차가 남성이 100만 원 받을 때 여성은 63만 4,000원만 받기 때문이다. 하루 노동시간 8시간에 적용하면 오후 3시부터 여성은 무급으로 일하는 셈이다.

그날의 행사 가운데 알바노조의 기자회견이 단연 눈에 띄었다. '동일노동, 동일임금, 동일민낯' 피켓에는 이런 문장도 적혀 있었다. "화장해야만 카운터 볼 수 있어?"

알바노조가 발표한 설문조사 결과는 자못 충격적이었다. 편의점이나 영화관에서 아르바이트하는 여성의 98%가 사업주나 손님에게 외모 품평을 당했단다. 또한 45%는 화장이나 옷차림 등의 외모 통제를 경험했다. 유니폼이 불편하다는 응답도 81%였다. 치마를 입어서 동작이 제한되고, 스타킹이 자주 찢어져 관리하기가 힘들다는 것이었다. 그러니까 이런 것이다. 최저시급 6,470원 받으면서, 치마 입고 스타킹 신고 완벽하게 화장한 후에 외모 품평까지 당하며 일하는 것이다. 지금 이 순간, 알바를 하는 나와 당신의 딸들이.

조남주의 장편소설 『82년생 김지영』에도 이와 비슷한 현실이 반영된 장면들이 나온다. 여중생들이 한겨울에 양말도 없이 검정 스타킹에 구두를 신어야 해서 "발이 너무 시려워 딱 울고 싶었다"는 얘기. 남학생들은 시도 때도 없이 운동을 하기 때문에 그들에게만 면티와 운동화를 허용한다는 선도부 교사에게 한 여학생이 했던 항변. "여자애들이라고 싫어서 안 하는 줄 아세요? 치마에 스타킹에 구두까지 신겨 놓으니까 불편해서 못하는 거라고요."

대학 졸업 후 홍보대행사에서 근무하게 된 여주인공이 거래처 회식에 참석하는 장면도 낯익다. 술잔이 오가는 회식자리에서 20대의 김지영을 굳이 거래처의 남자 부장 옆에 앉히는 직장 문화. "당황스럽고 수치스럽고 죽어도 그 자리에 앉기가 싫었다"는 그녀에게 또 굳이 저급한 19금 유머를 남발하는 부장.

『82년생 김지영』에서 가장 우울한 장면은, 신입사원인 여주인공이 자신의 현실을 자각하게 되는 순간이다. "성실하고 차분하게 출구를 찾고 있었는데 애초부터 출구가 없었다고 한다." 그녀가 이렇게 생각한 건 희망했던 기획팀에 자신이 탈락하고 남자 동기들이 포함된 이유를 알았기 때문이다. 기획팀 업무상 일과 결혼 생활, 특히 육아를 병행하기 힘들어서 회사에서는 여직원을 오래갈 동료로 여기지 않는다는 것이다. 결국 회사의 예측이 맞았던 셈이다. 결혼 후 출산을 앞둔 김지영이 여러 가지 현실적 여건들을 따져보다가 결국 퇴사하게 되었으니까. 유모차에 아기를 태우고 산책하러 나간 김지영이 '맘충'이라는 비아냥거림을 듣는 장면도 가슴 아픈 대목이다.

조남주 작가에 의하면 이 소설은 오늘날의 여성들이 겪는 "너무 보편적이고 평범한 얘기"들을 모아놓은 것이다. 소설을 읽는 여성 독자들이 바로 내 얘기 같다는 느낌을 받는 이유일 것이다. 바꿔 말하면, 우리 사회의 규범과 관습에서 볼 때, 여성들이 당하는 차별은 지극히 '보편적이고 평범한' 경험이다.

세상이 많이 변했다고 한다. 하지만 여성의 현실은 크게 달라지지 않았다. 여성을 옥죄는 제도와 관습이 변하지 않았기 때문이다. 화장을 하거나 안 할 권리, 치마를 입거나 입지 않을 권리, 불평등한 여건이라면 결혼이나 출산을 거부할 권리. 만약 우리가 지금의 제도와 관습을 바꾸지 않는다면, 10년이나 20년 후에도 우리의 딸들은 여전히 일상적인 여성차별을 경험하게 될 것이다. 너무 끔찍하지 않은가. (2017.3.23.)

어떤 축제

며칠 전 특별한 초대장 한 장이 배달되었다. 한국비정규 교수노동조합 부산대분회에서 보낸 초대장이었다. 노조 분회 출범 10주년을 맞이하여 학내에서 기념행사를 한다는 내용이었다. 초대장의 디자인을 한참 동안 들여다봤다. 가늘고 부드러운 선으로 연결된 초록의 둥근 원들이 마치 머리를 맞대고 상생하는 삶의 방식을 고민하는 동료 강사들의 얼굴인 양 여겨졌다.

찬바람 휘몰아치는 겨울이 시작되면 대학 시간강사들의 삶은 더욱 신산해진다. 12월이 되면, 6개월 또는 1년간의 강의 계약을 위해 다시 새로운 고용 절차를 통과해야 하기 때문이다. 대학이나 학과마다 채용 기준이 다르지만, 기본적으로 무한경쟁 원칙에 의해 선발이 이루어진다. 그래서 시간강사들은 적어도 1년에 한 번은 정리해고의 가능성 하에서 불안에 떨어야 한다.

대학 시간강사의 처우는 지난 수십 년 동안 크게 달라지지 않았다. 현재 전국의 시간강사는 약 6만 5천여 명. 월평균 급여는 4인 가정 최저생계비(175만 원)에도 미치기 못하는 105만 원이다. 긴긴 여름방학과 겨울방학에는 수입이 없고, 물론 직장건강보험이나 퇴직금도 없다.

김민섭의 『나는 지방대 시간강사다』는 대학 내 저임금 지식노동자로 살아가는 시간강사가 처한 냉혹한 현실을 가감 없이 보여준다.

"나는 서른셋, 지방대학교 시간강사다. 출신 대학교에서 일주일에 4학점의 인문학 강의를 한다 … 세금을 떼면 한 달에 70만 원 정도가 통장에 들어오는데, 그나마도 방학엔 강의가 없다. 그러면 70만 원 곱하기 여덟 달, 560만 원이 내 연봉이다 … 그래도 학생들에겐 허울 좋은 젊은 교수님이다. 그들은 내가 88만 원 세대보다 더 힘들게 삶을 살아가고 있다는 걸 알까."

이 책의 저자인 김민섭은 결국 건강보험과 퇴직금을 보장해주는 패스트푸드점에서 일을 시작한다. 일주일에 이틀은 시간강사로 일하고, 사흘은 맥도날드에서 물건을 나르고 설거지를 하고 테이블을 닦는다. 국내 대학에서는 보장해주지 않는 노동자이자 사회인으로서의 권리를, 다국적 거대기업인 맥도날드가 제공해주는 것이다.

조해진의 단편소설 「산책자의 행복」에도 철학과 시간강사 일을 그만둔 후 편의점 알바 일을 하는 여주인공이 등장한다. 철학과가 다른 비인기 학과와 묶여 통합된 후 시간강사 일을 완전히 그만두게 된 것이다. 기초생활수급자가 되어 카운터에서 바코드를 찍다가 자신을 알아보는 옛 제자와 마주쳐 어쩔 줄 몰라 하는 여주인공. 그녀는 새벽의 편의점에서 또 다른 제자를 떠올리며 이렇게 혼잣말을 한다. '사는 게 원래 이토록 무서운 거니, 메이린?'

시간강사의 처우는 이제 더 이상 대학 내부의 문제가 아닐 것이다. 정리해고가 일상이 되어버린, 비정규직 제도라는 시스템 자체의 문제인 것이다. 대학교육과 지식정보사회를 이끌어갈 고학력 전문 인력이 어찌하여 이토록이나 처절하게 저임금과 고용불안과 차별에 시달리게 되었는가. 자본과 효용성이 절대 가치가 되어버린 세상에서 대학의 공공성은 과연 어떤 방식으로 강화될 수 있는가.

다시, 책상 위의 초대장으로 시선을 돌린다. 그동안 시간강사 즉 비정규교수의 처우 개선을 위해 노력해온 분회가 열번째 생일잔치를 마련했으니 부디 참석해 달라고 적혀 있다. '강사법 폐기와 정부책임형 비정규교수 대책 수립'을 위한 세미나도 함께 열린단다.

모쪼록 이 특별한 축제가 각자도생의 삶의 방식을 거부하고 상생의 길을 찾는 계기가 되기를, 집단지성의 올바른 사례가 되어 주기를, 빌어본다. (2017.11.23.)

흑인 민권운동에
주목해야 하는 이유

　오늘날 미국의 성장과 번영은 인종차별이라는 오욕의 전통 위에서 발판을 마련했다. 건국 이후 미국의 법률과 제도는 이른바 와스프(WASP)라고 불리는 앵글로색슨계 백인 신교도의 자유와 권리만을 보장했다. 특히 백인이라는 인종성이 중요했는데, 1790년의 '귀화법'은 같은 이민자라고 할지라도 오직 백인 자유인만이 미국 시민이 될 수 있다고 명시했다. 1920년대와 1930년대의 '외국인 토지법'은 아시아계 이민자의 토지 및 소유권을 금지했고, '잡혼 금지법'은 백인과 타인종의 결혼을 금지했다. 한국인을 포함한 아시아계 이민자들은 1952년 '맥카렌 월트법' 이후에야 비로소 미국 시민권을 취득할 수 있었다.

　1960년대에 미국사회를 휩쓴 흑인 민권운동은 흑인뿐만 아니라 다른 유색인들의 지위 향상에 큰 영향을 미쳤다. 마틴 루터 킹 목사의 주도하에 일궈낸 1964년의 민권법은 흑백 분리정책을 연방법으로 금지했고, 이듬해 1965년의 투표

권리법은 소득세나 문해력 테스트 등을 이유로 흑인의 투표권을 박탈하는 행위를 금지했다. 이로써 오랜 세월 동안 남부 흑인들을 차별하던 인종 분리정책은 적어도 법적으로는 철폐되었다.

1960년대의 흑인 민권운동은 아시아인 차별정책을 완화하는 데 결정적인 역할을 했다. 바로 1965년에 개정된 이민법이 대표적인 예이다. 이로 인해 아시아 국가에만 적용되던 이민 할당제가 폐지되었고, 가족 초청이 가능해져서 미국 내 한인 사회가 뿌리내리는 계기가 되었다. 즉 1965년의 이민법 개정은 1960년대 흑인 민권운동이 가져온 직접적인 결과물이었다.

하지만 이후의 인종차별과 백인우월주의는 보다 교묘하고 체계적으로 일상 속에 뿌리내렸다. 모든 흑인 남성들은 잠재적 범죄자로 간주되었고, 아시아인들은 온순하고 복종적인 이미지가 덧씌워져서 '찰리'라고 불렸다. 소수자들끼리의 경쟁과 시기심을 부추기기도 했는데, 경제적으로 성공한 아시아인들을 가리켜 '모범 소수민족(model minority)'이라고 불렀다. 똑같이 힘든 조건 속에서도 성공한 이 동양인들을 보라, 하고 말함으로써 흑인을 포함한 다른 유색인들을 질타하며 인종차별에 기반을 둔 미국사회의 폐해를 가렸다.

강용흘의 장편소설 『동양인 서양에 가다』(1937년) 이후 현재까지 한국계 미국소설에서 가장 빈번하게 나타나는 주제는 인종차별 경험으로 인한 상처와 정체성의 혼란이다. 미국에서 태어나서 자랐고 완벽한 영어를 구사한다 해도 한국계 후손들은 항상 "어느 나라에서 왔죠?" 하고 질문을 받는다. 백인/비백인을 구분하는 인종성은 지금도 미국 사회의 내부자와 외부자를 구분하는 기준이다.

2001년에 발간된 돈 리의 소설집 『옐로』에는 인종차별로 인해 신경증과 피해의식에 시달리는 한국계 미국인들이 등장한다. '옐로'는 미국에서 동양인을 비하할 때 사용하는 멸칭이다. 그런데 소설 속 주인공들이 보여주는 이중의식과 분열증은 백인 사회에서 살아가는 흑인들의 심리와 정확히 일치한다. 자신을 항상 타자(백인)의 눈을 통해 판단하는 이중의식, 그리고 '백인이 되고 싶다'는 좌절된 욕망으로 인해 스스로를 비하하는 분열증은 일찍이 두 보이스와 프란츠 파농이 흑인의 심리를 설명하기 위해 각각 사용한 용어이다. 인종차별은 백인을 제외한 모든 인종을 향해 다양한 양상으로 미국 사회에 만연해 있다.

조지 플로이드 사망 사건을 동영상으로 촬영하여 전 세계에 알린 흑인 소녀 다넬라 프레이저는 백인 경찰의 가혹행위가 동네에서 "은밀하게 너무 많이 일어난다"고 밝혔다. 현재 미국에서 반복되어 발생하는 인종차별에 의한 죽음은 단지 흑인들만의 비극이 아니다. 인종에 근거한 차별과 배제는 반드시 뿌리 뽑혀야 한다. (2020.6.18.)

2부
신발 한 짝의 의미

"깨어 있는 시민의식만이 권력의 타락을 막을 수 있다."

소설을 읽으면 투표를
잘할 수 있다고요?

소설은 종종 억울한 취급을 받는다. 저녁 뉴스를 시청하다 보면 누군가 꼭 '소설 쓰고 있네~'한다. 정치인들이 황당한 거짓말을 한다는 것이다. 사전에는 '소설 쓰다'라는 관용어도 있다. "지어내어 말하거나 거짓말을 하다." 억울한 건 소설뿐만이 아니다. 진실, 노동개혁, 공정인사, 정의 등 최근에 정치권에서 회자되는 대부분의 단어가 본래의 의미와 정반대로 사용되고 있다. 과거에 그 단어의 전파를 막았던 이들이 어불성설 격으로 그걸 사용하고 있다.

몇 해 전, 시카고대학의 법철학자 마사 누스바움의 글을 번역한 적이 있다. 제목이 「민주시민과 서사적 상상력」이었다. 시민이 투표나 의사결정을 할 때 판단력과 지각이 필요한데 이는 공감 능력에 의해 배양될 수 있다, 그리고 공감 능력은 소설 같은 문학작품을 읽어서 서사적 상상력을 훈련해야 얻게 된다는 내용이었다. 소설 속 주인공에게 감정이입을 하고, 그들이 처한 상황을 머릿속에 그리다 보면 상상력 훈련이 되어 공감 능력이 계발된다는 것이다.

감성과 공감을 투표와 연결시키고, 만약 이러한 능력을 갖추지 못하면 "공통된 인간성을 부인하는 국가풍조"에 맞닥뜨리는 파국을 겪는다는 게 누스바움의 경고이다. 그러니까 그녀의 글은, 소설을 읽으면 투표를 잘할 수 있다, 투표를 잘못하면 국가가 인간성을 부인한다, 라고 해석할 수 있다.

누스바움이 서사적 상상력에 기초한 공감 능력을 강조한 것은 그녀가 '공통된 인간성'에 대한 믿음을 갖고 있기 때문일 것이다. 인간이라면 공통적으로 인종차별주의나 나치즘, 제국주의나 독재주의에 동조하지 않을 거라 믿는 것이다.

하지만 과연 그럴까? 만약 동시대의 사회체계가 인종주의나 나치즘을 합법화하고 지지한다면? 그래서 실제로 1930년대 미국에서 발생했던 것처럼, 선량한 시민들이 흑인 남성들의 목을 매달아 나뭇가지에 걸어 놓고 그 앞에서 웃으며 기념사진을 촬영한다면? 그 사진이 장당 50센트에 전국으로 불티나게 팔려간다면?

이와 비슷하게 나치즘에 동조했던 수많은 독일의 지식인들과 시민들은 어떻게 설명해야 할까? 아돌프 아이히만이 그러했듯이 성실하고 평범한 관료로서 상관의 지시에 충실하게 따랐을 뿐인데 결국 무고한 유대인들을 학살하게 되었다면? 그럴 경우, 시민 개개인의 감성과 공감 능력만으로는 정치적으로 올바른 판단을 할 수 없다.

그러므로 시민은, 특히 투표를 앞둔 민주시민은 자신이 발 딛고 살아가는 사회체계와 권력자들을 끊임없이 의심해 봐야 하는지도 모른다. 더욱이 그 사회가 소설가의 상상력을 훌쩍 뛰어넘는 작금의 대한민국이라면 더욱 그러하다. 누가 누구를 '노동개혁'한다는 건지, 소수자가 사용하는 최후의 법적 수단인 서명운동을 왜 '권력자'가 나서서 하는지, 공정 인사의 '공정'이란 원래 어떤 의미였는지, 요즘엔 현란하고 적반하장격인 언술과 행동들 때문에 모든 게 헷갈리고 가늠할 수 없게 되었다.

시민은 과연 부당한 사회체계를 바꿀 수 있을까? 미국과 독일에서 인종주의와 나치즘이 적어도 법적으로는 설 자리를 잃은 것만 봐도 대답은 '그렇다'이다. 시민은 사회를 변혁할 수 있고, 그 힘은 투표에서 나온다. 하지만 소설을 거듭 읽어 봐도 명확한 판단력과 지각을 갖기가 점점 더 힘들어진다. 소설보다 더 소설 같은 복선과 아이러니와 언어유희가 난무하고 있다. (2016.2.3.)

알파고와 선거

요즘 세간의 가장 뜨거운 관심사는 단연 '알파고'다. 누굴 만나건 바둑과 인공지능이 화제로 떠오른다. 불계패, 기보, 계가 같은 단어를 알지도 못했거니와 오목 한번 제대로 둬 본 적 없는 나 같은 사람마저 이세돌-알파고 대국 중계방송을 흥미진진하게 지켜봤으니, 알파고 개발자 데미스 하사비스의 표현처럼, 인공지능의 놀라운 발전은 가히 인간의 '달 착륙'에 비견될 만하다.

무엇보다 충격적이었던 건 '감히' 게임 프로그램 주제에 스스로 학습 능력을 갖췄다는 점이었다. 알파고는 수많은 기보로부터 배운 능력과 자기들끼리의 대국을 통해 스스로 단점을 깨우치고 보완한다. 이번 이세돌과의 대국 경험도 알파고에게 새로운 기풍과 기보를 학습하는 계기를 제공할 것이다. 제4국에서 왜 그렇게 엉뚱한 '떡패'를 둬서 패배했는지 당장 프로그램의 약점이 개선되고 보완될 것이다. 학습하고 인지하고 추론할 수 있다니! 말 안 듣는 인간 학습자보다 훨씬 더 이상적인 학습 태도와 능력을 갖춘 셈이다.

인공지능을 대하는 사람들의 반응은 컴퓨터공학 분야 종사자냐 아니냐에 따라 크게 엇갈리는 듯하다. 전문가들의 의견은 대체로 희망적이다. 데미스 하사비스는 "인공지능은… 우리를 도와주는 조력자로 인류를 발전시켜 줄 것"이라 했고, 구글의 에릭 슈미트 회장도 "인공지능과 기계 학습의 발전이 있을 때마다 인간 모두가 더 똑똑해지고 유능해질 것"이라고 했다. 국내 전문가들의 의견도 엇비슷하다. 알파고의 승리는 기계의 승리가 아니라 인류의 승리라는 것이다. 제아무리 똑똑한 인공지능일지라도 개발자는 인간인 것이고, 결국 기계는 인간의 삶을 돕는 부속품에 불과하다는 것이다.

그런데도 왜 이렇게 두렵고 불안하고 찜찜한 것일까? 우선, 앞으로 겪게 될 엄청난 사회적 변화에 내가 과연 제대로 적응할 수 있을까 하는 불안감이 밀려온다. 더욱이 10년, 20년 이내에 직업의 종류와 내용이 절반가량 바뀐다는데, 나는 그리고 우리의 아이들은, 이 격변의 시대에서 무사히 살아남을 수 있을지 염려스럽다. 그런데 전문가들은 전혀 걱정할 필요가 없다고 한다. 기계가 노동을 대신하면 생산성이 엄청나게 향상될 터이니 인간은 더 이상 생존을 위해 노동할 필요가 없다는 것이다. 맨 처음 세탁기나 청소기가 발명되었을 때처럼 인간은 노동에서 벗어나 기계가 주는 혜택을 향유하면 된다는 것이다.

과연 그렇게 될까? 최첨단 기술력(지식)과 막강한 자본이 공공성을 위한 제어장치 없이 서로 손을 맞잡는다 해도? 인공지능이 초미의 관심사가 된 지금 이 순간, 세계 인구의 절반 즉 40억 이상이 가난 때문에 인터넷을 사용하지 못한다는 사실은 어떻게 설명할 것인가? 혹시 기술 발전은 '모든 인간'에게가 아니라, 이익 창출이 선(善)으로 간주되는 시장경제와 무한경쟁 시스템에서 살아남는 '유능한 인간들'에게만 더 큰 혜택을 주는 건 아닐까? 그래서 결국 빈익빈 부익부의 불평등 체제는 더욱 가속화되는 게 아닐까?

어쩌면 지금 우리에게 필요한 건, 페이스북 창업자 마크 저커버그가 「딸에게 보내는 편지」에서 강조했듯이, "인간 잠재력 향상과 평등 증진은 서로 밀접하게 결합되어 있다"는 깨달음일지 모른다. 평등 증진을 위해 노력해야 '모든 인간'이 잠재력을 발휘할 수 있다. 저커버그는 이러한 공익을 위해 주식의 99%를 사용하겠다고 밝혔다. 그렇다면 나는? 투표를 할 수 있을 것이다. 좀 더 평등한 대한민국을 위한 부의 재분배와 복지정책. 4·13선거에 앞서 무엇보다도 꼼꼼히 살펴보고 싶은 공약 내용이다. (2016.3.17.)

'동물농장'과 권력의 속성

아무래도 2016년 여름은 '개·돼지'의 계절로 기억될 듯하다. 조지 오웰의 『동물농장』에나 등장할 법한 가축들을 인간에 빗댄 교육공무원의 언행이 공분을 일으키고 있다.

잘 알려진 대로 『동물농장』은 1917년 볼셰비키 혁명 이후 소련 체제의 타락상을 우화적으로 풍자한 소설이다. 평등 사회 실현, 생산수단의 공유화 등을 지향했던 혁명의 이념과 이상이 독재자 스탈린과 그의 측근들에 의해 변질된 상황을 비판한 것이다. 소설 속에서 개는 비밀경찰을, 돼지는 경영과 관리를 담당한 엘리트 관리를 가리킨다. 『동물농장』에서라면, 교육정책을 담당한 그 고위 공무원은 '개·돼지' 그룹에 속한다.

그런데 짐작과는 달리, 조지 오웰이 『동물농장』을 쓴 건 사회주의 이념 자체를 공격하기 위해서가 아니었다. 그보다는 배반당한 혁명의 이상, 즉 독재와 전체주의로 전락한 소련 체제에 대한 실망과 분노를 표현한 것이었다. 그의 또 다른 소설 『1984』 역시 전체주의가 불러온 암울한 현실을 그리고 있다. 『1984』에서 개인의 삶은 사상경찰, 텔레스크린, 마이크로폰 등에 의해 철저하게 감시당하고 통제된다. 이 두 소설을 통해 작가가 비판한 건 전체주의의 실상과 타락한 권력의 문제, 특히 권력을 쥔 지도자의 전횡과 이를 돕거나 묵인한 대중의 현실이었다.

권력은 그 자체로 타락 가능성을 포함하고 있는가? 만약 그렇다면 누가, 어떻게, 권력을 견제하고 감시할 수 있는가? 조지 오웰의 소설을 읽다 보면 마주하게 되는 질문들이다.

권력은 원래 정당성을 갖고 있으며, "제휴하여 행동할 수 있는 인간의 능력"과 관련 있다고 지적한 건 정치철학자 한나 아렌트였다. 선거로 선출된 국회의원이나 대통령이 권력을 갖는 건, 다수의 이름으로 행동하도록 권력을 위임받았다는 의미인 것이다. 그러므로 권력은, 원래, 긍정적인 것이다. 타락하고, 남용되고, 특정 세력에 집중될 때 문제가 된다.

'동물농장'이 타락하기 시작한 건 돼지들이 자신들만을 위해 우유와 사과를 따로 빼돌린 순간부터였다. 농장을 공정하게 감독하고 지휘해야 할 이들이 특권층을 형성하고 온갖 편법을 저지르게 된 것이다.

중요한 건, 우두머리 돼지와 그 무리들이 일곱 계명을 모조리 뒤집어엎고 권력을 독점하는 동안 대중은 입을 다물고 순응하거나 무기력하게 반응했다는 사실이다. 성실하고 근면

한 일꾼인 '복서'조차도 체제의 모순을 간파하지 못하고 실컷 이용당한 후 도살업자에게 끌려가 죽임을 당한다.

『동물농장』이 우화소설이라는 점을 감안하면, 소설의 배경에 오늘날의 몇몇 정치 현실을 대입해 볼 수 있을 것이다. 공약(계명) 바꾸기, 적대국(존즈)이 쳐들어온다고 위협하기, 사상범(몇몇 돼지들)으로 몰아가기, 개인의 노력 강조하기(내가 더 열심히 한다), 계파에 따라 반대파(스노볼과 그 측근들) 제거하기 등이다. 생전의 조지 오웰도 이 소설에 "더 광범위한 적용범위를 갖게 하자"고 의견을 밝힌 바 있다.

권력은 살아 있는 유기체의 속성을 갖고 있다. 올바른 방향으로 뻗어가고 자라기 위해서는 관심과 정성뿐만 아니라 엄격한 감시와 견제가 필요한 것이다. 올여름 한 교육공무원의 '개·돼지' 발언은, 역설적이게도, 대의민주주의를 지키기 위해 평범한 시민이 담당해야 할 역할을 상기시켜준다. 자칫 잘못하면 시민은, 자신이 권력을 위임한 지도자와 관료들에게 무지몽매한 가축 취급을 받을 수 있다. 깨어 있는 시민의식만이 권력의 타락을 막을 수 있다. (2016.7.2.)

신발 한 짝의 의미

    지난해 고 이한열 열사의 운동화 한 짝이 김겸 미술품 복원가에 의해 복원되었다. 1987년 6월 9일, 당시 연세대 학생이었던 이한열은 전두환 정권을 규탄하는 시위 도중 머리에 최루탄을 맞았고, 한 달여 동안 사경을 헤매다가 7월 5일에 세상을 떠났다.

    "한열이를 살려내라." 1987년 7월 9일, 국민장으로 치러진 그의 장례식에는 전국에서 100만여 명이 넘는 추모 인파가 몰렸다. 운구 행렬은 그의 모교, 신촌로터리, 서울광장을 거쳐 고향인 광주의 전남도청 앞, 그의 고교, 5·18묘역 순으로 진행되었다. 이후 분노한 시민들이 광장으로 몰려나왔고, 결국 시민들의 요구에 독재 정권이 굴복했다. 1987년 6월항쟁 당시, 얼굴에 피를 흘리는 이한열 열사와 그를 뒤에서 부축하는 남학생을 그린 걸개그림이 지금도 눈앞에 선하다.

    당시 이한열이 신었던 운동화는 삼화고무에서 나온 흰색 '타이거' 운동화였다. 운동화 왼짝은 시위 도중 벗겨져 어디론가 사라지고 없었다. 병원 응급실에 남겨진 건 오른쪽 한 짝이었다. 살상 무기인 물대포(살수차)를 사용하는 현 정부의 진압방식도 그렇지만, 당시의 시위 진압은 특히나 폭력적이었다. 행진하는 학생과 시민들을 향해 정부가 거침없이 최루탄을 쏘고 곤봉을 휘둘렀다. 시위 현장마다 주인 잃은 신발들이 도로 위에 여기저기 나뒹굴었다.

올해 출간된 김숨 소설가의 『L의 운동화』는 고 이한열 열사가 남긴 운동화를 복원하는 과정을 다루고 있다. 열사의 누나에 의해 유품으로 보관되다가 신촌의 이한열기념관에 전시 중이던 운동화가 28년 만에 원형 그대로 복원된 것이다. 『L의 운동화』는 작가의 다른 소설들처럼, 시종일관 차분하고 낮은 목소리로 'L의 운동화'가 복원되는 세심하고 미학적인 과정을 들려준다.

"그러니까 L의 운동화는… '우리 모두'의 운동화이기도 했던 것입니다… 얼마나 많은 이들이 L의 운동화를 신고 다녔을까요? 그 운동화들은 지금 다 어디로 갔을까요?"

지난달 31일, 검찰청사로 향하던 최순실 역시 역사적 의미를 담은 신발 한 짝을 남겼다. 그날 '최순실 신발'은 인터넷 검색어 순위 1위에 올랐다. 검정색 단화 밑창에 로고가 선명하게 찍힌 그 신발은 왼쪽이었고, 단종된 72만 원짜리 명품 '프라다'로 밝혀졌다. 사방에서 몰려든 취재 기자와 시민들에게 떠밀려 경황이 없었을 최순실은 고가의 신발이 벗겨진 지도 모른 채 쫓기듯 검찰청사 안으로 사라졌다.

타이거 운동화와 프라다 신발 한 짝. 이한열 열사와 최순실이 각각 남긴 신발은 시대와 역사를 대변한다는 공통점이 있다. 하나는 열사의 희생을, 다른 하나는 부패하고 무능한 정권을 상징한다는 큰 차이점이 있지만 말이다. 1987년 이한열의 운동화는 '우리 모두'의 신발이었다. 반면에 2016년 최순실의 신발은 무능한 대통령과 그를 둘러싼 특권층의 부패를 상징한다.

"쪽팔려서 못살겠다." 많은 사람들이 '박근혜·최순실 게이트'를 부끄러워하고 쪽팔려 하고 있다. 이민 가고 싶고, 우울증에 걸릴 것 같다는 이들도 있다. 하지만 지난날을 되돌아보면 우리의 민주주의는, 거의 언제나, 시민들의 치욕과 희생을 자양분 삼아 한 단계씩 성장해왔다. 4·19혁명과 5·18민주화운동과 6월항쟁이 그랬다.

지금 시민들이 다시 광장으로 나서고 있다. 연일 밝혀지는 '박근혜·최순실 게이트'의 추악한 민낯을 보며 제2의 6월항쟁을, 제2의 4·19혁명을 예감하는 건 비단 나 혼자만이 아닐 것이다. 시민들의 힘으로 우리의 민주주의가 다시 한번 도약하기를, 소망한다. (2016.11.10.)

역모가 민의가 되기까지

　지금이야 격세지감이 되었지만, 올 4월 국회의원 선거 때만 해도 여당 후보자들은 너나없이 박근혜 마케팅에 승부수를 걸었다. 불과 몇 달 전의 일이다. 각 유세장과 선거 사무실마다 대통령의 대형 사진이 내걸렸고, 친박이니 진박이니 하는 충성심 경쟁도 그 어느 때보다 치열했다.

　지난 2014년 세월호 참사 직후 치러진 6·4 지방선거에서도 새누리당은 예상을 뒤엎고 선방했다. 박근혜 마케팅이 성공했기 때문이었다. "박근혜 대통령의 눈물을 닦아주세요." "대통령을 도와주세요." 유세장 곳곳에 대형 현수막이 걸렸고, 눈물 흘리는 대통령의 걸개그림이 나붙었다. "박근혜 대통령의 눈물을 닦아드릴 수 있도록 저를 비롯한 새누리당 후보들을 도와 달라"고 하던 서병수 후보는 부산시장이 되었다. 그해 7월 30일에 치러진 국회의원 재보선 선거 역시 새누리당의 압승이었다.

　당시에 나는 그러한 정치 역학을 정말로 이해할 수 없었다. 세월호 참사에 책임질 사람은 바로 대통령이고, 국민의 눈물을 닦아야 할 의무도 대통령에게 있는데, 왜 거꾸로 국민이 대통령을 걱정해야 하는가. 더욱이 국민은 왜 위정자들의 그러한 어불성설에 설득당하는가. 그때 한 지인이 내게 말했다. 사람들은 대통령을 나라님이라고 생각한다고. 그제야 고개가 끄덕여졌다.

그러고 보니 우리의 민주주의는 경제가 그러했듯이, 단기간에 엄청난 압축 성장과 성장통을 겪었다. 4·19혁명 이후에 5·16 쿠데타가 일어났고, 1987년 6·29 선언 직후엔 민주화 운동을 짓밟은 군인이 대통령으로 선출됐다. 대통령이 곧 나라의 중심이자 국익이라는 낡은 사고방식이 남아 있을 만했다. 18년 동안이나 공주마마였다가 이제는 나라님 자체가 된 대통령이 국민의 무의식을 지배하는 것도 무리가 아니었다.

그런 점에서 최근 집회 때마다 등장하는 헌법 제1조 1항과 2항은 각별한 의미를 갖는다. "대한민국은 민주공화국이다. 대한민국의 주권은 국민에게 있고, 모든 권력은 국민으로부터 나온다."

한 사회학자의 지적대로 박근혜는 "한 개인의 이름이 아니라… 구체제를 지칭하는 기호"가 되었다. 광장의 시민들이 이 사실을 잘 알고 있다. 대한민국은 (왕정이 아니라) 민주공화국이며, 주권과 권력은 (대통령이 아니라) 국민에게 있다는 당연한 명제를 소리 높여 외치는 이유. 그것은 격랑의 시대를 살고 있는 우리가 국가의 근본이념을 되새김으로써 민주주의에 대한 희망의 끈을 놓지 않고자 하기 때문이다.

"국민의 명령이다.""박근혜는 즉각 퇴진하라." 예전 같으면 당장 역모(종북좌파)로 몰렸을 이 외침이 민의라는 정당성을 얻기까지 우리는 엄청난 희생을 치렀다. "다 그렇게 구명조끼를 학생들은 입었다고 하는데 그렇게 발견하기가 힘듭니까?" 참사 첫 보고를 받은 지 7시간이 지나서야 중앙재난안전대책본부에 나타나 엉뚱한 질문을 던지는 대통령을 억장이 무너지는 심정으로 지켜보았다. 시민들이 궁금한 건 안티에이징 시술을 포함한 대통령의 사생활이 아니다. 그날, 왜 대통령이 직무를 수행하지 않았는지, 왜 300여 명의 국민이 생목숨을 잃어야 했는지 밝히는 것이다. 그래야 미래의 또 다른 비극을 막을 수 있기 때문이다.

지난주 10만여 명이 모인 서면의 집회에서도 예전이라면 당장 체포되고 구금당할 구호들이 넘쳐났다. 비 내리는 서면의 중앙대로에서 딸아이와 함께 불렀던 노랫말이 귓전에 울린다.

"어둠은 빛을 이길 수 없다. 거짓은 참을 이길 수 없다. 진실은 침몰하지 않는다. 우리는 포기하지 않는다." (2016.12.1.)

'우리들의 일그러진 영웅'을 떠나보내며

지난달 광화문 촛불 집회에서 〈타는 목마름으로〉를 합창한 적이 있다. 촛불 집회에 처음으로 100만 명이 운집했던 그날, KTX를 타고 서울역에 도착하고 보니 발걸음이 자연스럽게 광화문 광장으로 향했다. 그때 무대에 오른 가수가 〈타는 목마름으로〉를 불렀고, 사람들도 하나, 둘 노래를 따라 불렀다.

"근데, 김지하는 어디로 갔지?" 합창이 끝난 후 동행한 선배 언니가 자조적인 목소리로 말했다. 나 역시 노래를 부르는 동안 만감이 교차했다.

그날 우리는 시인의 최근 행보에 대해 서로 입을 다물었다. 어쨌거나 그는 암울한 독재정권 시절, 수많은 청춘들에게 '신새벽 뒷골목'에서나마 '숨죽여 흐느끼며' '민주주의여 만세'를 외칠 수 있는 용기를 준 시인이었으니까.

선배 언니와 오랜만에 연락이 닿은 건, 문청 시절 우리가 경탄했던 또 다른 문인, 이문열 소설가의 소식을 접하고서였다. 지난 2일 조선일보에 실린 그의 글은 내용이 참담했다.

"4500만 중에 3%가 한군데 모여 있다고, 추운 겨울밤에 밤새 몰려다녔다고 바로 탄핵이나 하야가 '국민의 뜻'이라고 대치할 수 있는가."

놀랍게도 그는 촛불 집회를 '아리랑 축전'의 집단 체조에 빗대고, 1분 소등 퍼포먼스에서 '으스스한 느낌'이 든 사람이 있었다고 언급함으로써 촛불 집회를 악의적으로 호도했다. 또한 이 모든 민심이 "야당의 주장과 매스컴의 호들갑"이 만들어 낸 '논리'라고 주장했다.

아무래도 글의 속뜻이 더 있을 것 같았다. 하지만 거듭 읽어봐도 고희를 앞둔 소설가의 현실 인식은 실망스러웠고 교조적이었다.

지난 1987년, 그는 중편소설 『우리들의 일그러진 영웅』으로 이상문학상을 받았다. 이제는 한국문학의 고전이 된 이 소설은 초등학교 5학년 교실을 배경으로 반장 엄석대를 등장시켜 권력의 유지와 붕괴 과정을 섬뜩하게 묘사하고 있다. 잘 알려진 대로, 이 소설의 문학적 성취는 단순한 선/악 구도나 알레고리의 도식성을 뛰어넘는 어떤 지점에 놓여 있다. 작가가 견지했던 그 지점을, 양면가치의 탐색 혹은 가치중립적 세계관이라고 부를 수 있을 것이다. 적어도 그 시절의 이문열 소설가는 자신이 '초월적 사인성(私人性)'이라고 불렀던 균형감각, 즉 현상을 외부와 내부에서 동시에 바라보는 시각을 갖고 있었다.

소설 속에서 엄석대의 독재 체제가 붕괴된 건, 반 아이들의 자발적인 '혁명'때문이 아니었다. 민주주의는 반 아이들의 축적된 노력과 희생에 의해서가 아니라, 갑작스럽게 나타난 외부 세력(새 담임 선생)에 의해 일방적으로 주어졌다. 누구보다도 주인공 한병태가 이 '기묘한 혁명'의 문제점을 잘 알고 있었다. 스스로의 힘으로 민주주의의 가치를 지키지 못한다면 언제라도 또 다른 독재 세력이 등장할 수 있다는 사실 말이다.

엄석대의 생애를 회고하는 한병태의 복잡 미묘한 관점이야말로 이 소설의 매력 포인트이자 위험요소일 것이다. 성인이 된 엄석대가 지금도 여전히 은밀한 곳에서 권력을 쥐고 있어서 '내 재능의 일부만 바치면' 모든 것을 해줄 수 있을 거라고 믿는 한병태의 이율배반적인 가치관. 이 양가적 태도야말로, 오늘날 획일성의 세계로 추락해 버린 이문열 소설가의 행보를 예견하고 있다.

지금 우리는 한 사람의 영웅이 아니라, 평범한 너와 나의 힘과 지혜가 필요한 시기를 살아가고 있다. 우리들의 일그러진 영웅들을 떠나보내며, 민주주의의 가치를 믿는 모든 이에게 천천히, 끈기 있게, 함께 걸어가자고 얘기하고 싶다. (2016.12.22.)

소설가 이인화의
추락과 그 이후

웬일인지 그의 소설이 읽고 싶어졌다. 베스트셀러였던 『영원한 제국』이나, 박정희 대통령을 찬양한 『인간의 길』이 아닌 전혀 다른 소설. 그가 이상문학상을 받았던 게 떠올라 책장을 살펴보았다. 그의 단편소설 「시인의 별」이 수록된 2000년도 『이상문학상 수상작품집』을 찾을 수 있었다.

이인화(본명 류철균)가 누구인가. 작년 연말, 정유라에게 학점 특혜를 준 혐의로 긴급 체포된 후 지난달에 구속된 이화여대 교수. 정유라에게 부당하게 학점을 부여하고, 이에 관해 교육부 감사와 수사가 시작되자 조교들에게 대리 답안지를 작성하도록 지시한 교수. 불법 행위를 거부한 조교들에게 "학계에 발도 붙이지 못하게 하겠다"고 협박했다는 파렴치한 인간. 그런 그가 한때는 '드넓은 초원의 상상력'을 갖춘 소설가로 칭송받았다는 사실을, 나는 간신히 기억해냈다.

새삼스레 그의 소설이 궁금해진 건 왜? 라는 질문이 머릿속에서 떠나지 않았기 때문이다. 도대체 왜, 무엇 때문에, 그는 그토록 타락했단 말인가.

서울대를 졸업했고, 대학 재학 중 평론가로 등단했으며, 소설가로 데뷔한 후에는 베스트셀러를 출간했고, 겨우 서른 살에 정년 트랙 교수로 채용된 화려한 이력의 소유자. 더욱이 그는 이 모든 세속적 가치의 덧없음을 꿰뚫어 보지 않았던가. 인간은 황야의 무(無)가 펼쳐진 현실 속을 살아가지만, 그 위에는 억만년 동안이나 변치 않는 시의 가치, 문학의 가치가 빛나고 있다고 「시인의 별」에서 노래하지 않았던가. "문학은 그것이 안고 있는 꿈 때문에 우리를 살게 하고 인간으로서의 기품을 지키게 만듭니다."라고 수상소감에서 밝히지 않았던가.

당시 이상문학상을 수상한 이인화는 등단 이후 줄곧 따라다닌 몇몇 논란들로부터 얼핏 자유로워지는 것처럼 보였다. 표절 논란은 포스트모더니즘의 혼성모방 기법으로, 박정희 미화 논란은 한국의 근대성을 탐구한 지적 노력으로 두리뭉실하게 넘어가는 듯했다. 만약 이번의 추악한 사건이 드러나지 않았다면 그는 여전히 새로운 미디어 시대를 선도하는 '트랜스 미디어 스토리텔링' 분야의 연구자이자 작가로 주목받고 있었을 것이다.

문학 정신과 이야기꾼의 자율성을 강조했던 그가 획기적으로 변한 건, 추측건대 디지털 스토리텔링 연구와 콘텐츠 개발에 몰두하면서부터였던 것 같다. 융합과 트랜스라는 시대 경향을 재빨리 읽어낸 그는 디지털미디어 분야에서 '새로운 인문학의 가능성'을 찾았고, '매체를 넘나드는 희망'을 발견했다고 밝혔다. 현실에 지친 사람들이 스토리텔링을 통해 세계 내에 잠재된 유토피아를 미리 볼 수 있고, 그런 이유로 스토리텔링의 원리를 분석하고 분류하여 창작 지원 소프트웨어를 개발했다는 것이다.

그런데 그의 저서 『스토리텔링 진화론』을 읽다 보면 의구심에 사로잡히게 된다. 예컨대, "인간 존재의 본질적인 의미는 무엇인가? 그런 것은 없다. 나는 그저 여기 있을 뿐이다."라고 단언하는 그가 너무나 많이 변했다는 생각이 드는 것이다. 존재의 의미에 대해 사고하지 않는 게 '새로운 인문학의 가능성'이라고? 혹시 그는 시대의 흐름을 좇아 문화콘텐츠를 개발하는데 급급한 나머지, 문화와 자본(권력)이 무분별하게 결탁한 이후의 파국을 고려하지 않았던 게 아닐까?

오래전 『이상문학상 수상작품집』에 함께 실린 산문에서 그는 이렇게 자문한 적이 있다. "나는 도대체 어떤 인간이 되어 버린 것일까… 도대체 어떤 시대가 만들어낸 괴물일까." 요즘 그가 다시 이런 질문들을 하게 되기를 바란다. 왜냐하면 추락 이후에도 그의 삶은 오랫동안 지속될 것이니까. (2017.2.9.)

상처와 분열의
언어를 넘어서

김평우 변호사의 '생애 첫 책'을 읽어보았다. 그는 작고한 김동리 소설가의 차남이며, 스스로를 법치주의자라고 부른다. 인터넷에 소개된 책의 서문이 인상적이었다. "평생을 법조인으로 살아온 내가 이럴 때 침묵하면 안 된다는 생각이 들어… 日帝(일제) 때 독립운동한 심정으로 매일같이 글을 썼다." 그러니까 현 시국은 일제강점기로, 자신은 독립운동가로 여긴다는 거였다. 이상한 역사 인식이었다. 그래도 혹시나 하는 심정이었다. 그가 최근에 쏟아낸 위협과 선동의 언어들, 이 나라의 법치주의를 깡그리 무시한 발언들을 뒷받침할 논리가 담겨 있을지 모른다는 생각이 들었다.

제목이 좀 이상했다. 『탄핵을 탄핵한다』? 그렇다면 '탄핵한다'의 주체는 저자 자신인데, 우리 헌법에 국회의원이 아닌 변호사가 탄핵의 주체가 될 수 있었던가?

책장을 넘기다 보니 문체가 낯설었다. 최근 들어 한 번도 접해보지 못한 한문, 한글, 영어가 뒤섞인 문장이었다. 예를 들어 한 문장 안에 '言論(언론), 가드(guard), 挑戰者(도전자), 어퍼(upper), 그로기(groggy), 亂打(난타), 케이오(KO)' 같은 단어가 함께 있었다. 글의 종류는 글쓴이의 주장을 담았으니, 논설문이라고 볼 수 있다. 그런데 문체는 뭐라 정의하기가 어렵다.

본격적으로 독서를 시작했다. 짐작했던 대로 역사 인식이 문제였다. 예컨대 우리나라의 역사를 모조리 우파 대 좌파로 나누어 "좌파 대통령", "右派…대통령", "우파가 과반수", "좌파가 약 57%" 하는 식으로 논했다. 이분법적 논리의 극치이다. 또한 대통령과 임금님의 의미를 헷갈려 했다. 오늘날의 대통령제를 자꾸만 조선시대 왕정에 빗대어 해석했다. 게다가 대한민국과 북한과 중국의 정치체제를 뒤섞어 논평했다(대한민국 헌법이 보장하는 탄핵소추 절차를 북한의 인민재판, 중국의 '조반혁명'에 비유했다). 그리고 놀랍게도 민주주의와 법치주의를 서로 다른 원리라고 주장했다(우리나라에는 민주만 있고 법치는 없다고 했다).

요약하자면, 대통령 임기를 보장하는 일 자체가 법치주의의 근간이니, 국회의 탄핵소추는 "정변, 소요, 내란"이고, "언론과 검찰, 거기에 발맞추는 촛불 시위대, 234명의 국회의원들이야말로 국정을 농단하는 罪人들"이며, 탄핵절차를 멈추지 않으면 "머지않아 나라가 패망"한다는 것이었다.

새삼 '법치주의'를 사전에서 찾아보았다. "… 국가 권력의 행사는 국민의 의사를 대변하는 국회에서 만든 법률에 근거해야 한다는 근대 입헌 국가의 정치 원리." 그러니까 법률에 따라 국회가 대통령을 탄핵소추하고 헌법재판소가 판결하는 현 상황은 법치주의의 기본 원리를 따른 것이다. 그런데도 왜 저자는 탄핵소추를 위헌이라 부르고, 우리 사회를 "북한 같은 비정상 국가, 미친 사회"라고 매도하는 것일까?

그의 주장은 이런 것이다. 졸속 탄핵이니 위헌이며, 박 대통령이 '불합리한 헌법제도'의 희생자라는 것이다. 그렇다면 김평우 변호사는 누구인가? 초헌법적 존재인가? 우리나라의 헌법제도가 불합리하다고 판단하고, 국회의 탄핵소추가 합헌인지 위헌인지 판단하여 공표할 권력이, 그에게 주어졌는가?

자신과 의견이 다르면 누구든 서슴없이 '국정을 농단하는 죄인'이라 부르고, 법치주의를 모독하며, 대한민국의 헌법 가치를 훼손하는 주장들. 그의 책 속에는 법률적 근거도, 논리도, 공동의 기호로 통용되는 언어도 찾아볼 수 없었다.

원로 법조계 인사의 '생애 첫 책'을 덮는다. 상처와 분열의 언어를 넘어서는 이 시대의 진정한 원로가 그리워지는 시기이다. (2017.3.2.)

선거와 프레임

매번 선거철이 되면 두 가지 의문이 들곤 한다. 서민들은 왜 자신이 아니라 부자와 대기업의 이익을 대변하는 후보에게 투표할까. 그리고 '종북좌파' 같은 시대착오적인 용어가 왜 그토록 오랜 세월 동안 정치적 효과를 갖는 걸까.

서울의 강남 3구에서 몰표를 받는 후보가 지역 재래시장의 상인들로부터 똑같이 환호를 받을 때마다 의문이 들었다. 강남의 타워팰리스 주민이 법인세와 소득세, 최저임금 인상에 반대하는 정당에 투표하는 건 자연스럽다. 부를 유지하려는 자신들의 이익에 부합되니까. 그런데 이른바 사회적 빈곤층과 서민이 이들에게 투표하는 건?

또한 선거철만 되면 등장하는 '종북좌파'라는 단어가 있다. 종북은 북한의 주체사상과 정권을 무비판적으로 추종하는 경향을 가리키고, 좌파는 우파의 상대적 개념이다. 그런데 이 두 단어가 합성되어 '종북좌파'라는 용어가 만들어졌다.

지난 2012년 대선 때도 어김없이 '종북좌파'라는 단어가 등장했다. '선거의 여왕' 박근혜 후보와 당시의 새누리당이 이 용어를 애용했다. 보수 성향의 유권자를 집결시키고 상대 후보를 공격하기 위해서였는데, 이 전략은 예상대로 효과를 거두었다. 박근혜의 '창조경제'와 문재인의 '경제 민주화'가 대표 정책으로 부각되었지만, 정작 사람들이 기억하는 건 이념적인 부분이 강조된 이미지뿐이었다.

'좌파=종북'이라는 등식은 6·25 전쟁을 겪은 우리나라의 아픈 역사를 정치에 악용한 교활한 프레임이다. 두 단어는 서로 등식 관계가 성립되지 않는다. 한 사회의 시민들을 거칠게 요약하면 좌파, 우파, 중도파로 나눌 수 있을 것이다. 우리나라의 경우 주로 경제와 대북정책에 따라 시민들의 성향이 갈린다. 그런데 민주주의 사회에서 좌파와 우파가 공존하는 건 건전하고 자연스러운 일이다. 모든 우파가 친일·독재 세력이 아니듯이, 대부분의 좌파 역시 종북과 연관성이 없다. 그런데도 왜 선거철만 되면 '종북좌파'란 용어가 파급효과를 갖는 걸까.

사람들이 사실 또는 진실이 아니라 프레임과 은유의 관점에서 생각한다고 지적한 이는 미국의 언어학자 조지 레이코프였다. 그가 연구한 인지 언어학에 의하면 프레임은 우리 두뇌의 시냅스에 자리잡고 있으며, 신경 회로의 형태로 물리적으로 존재한다. 그런데 한번 자리잡은 프레임은 쉽게 바꾸기가 힘들다. 만약 어떤 사실이 자신의 프레임에 맞지 않으면,

사람들은 프레임을 바꾸는 게 아니라 사실을 무시해버린다. 예를 들어 이런 식이다. 모든 좌파는 종북이고 그러므로 특정 정치인은 '종북좌파'이다, 라는 프레임(고정 개념)이 두뇌에 자리 잡으면, 이후 여러 경로를 통해 사실을 알게 되어도 이를 쉽사리 받아들이지 않는 것이다.

조지 레이코프는 서민들이 기득권층을 대변하는 정당에 투표하는 일도 이와 비슷하게 해석한다. 사람들이 자신이 속한 계층의 이익을 위해서가 아니라, 이미 머릿속에 자리 잡은 프레임 즉 가치체계에 의해 투표한다는 것이다. 우리 현실에 대입하면 이런 식일 것이다. 나는 (서민이지만) 보수의 가치를 믿는 사람이고 그러므로 보수 정당을 지지한다. 또는 부자들이 많아져야 나라가 부강해지고 나도 부유해진다고 생각한다. 이른바 낙수효과를 믿는 경우이다.

다시 선거철이 돌아왔다. 대통령이 탄핵된 후 치러지는 역사적인 선거이다. 다음 주가 되면 거리에 현수막이 등장하고 선거벽보가 나붙을 것이다. 또다시 이런저런 의문이 슬며시 고개를 든다. 후보들의 공약에 대한 꼼꼼한 검증과 사실 확인이 필요한 시기이다. (2017.4.13.)

심상정을 다시 읽다

역사에 한 획을 그은 한 주였다. 대통령 탄핵과 촛불 민심이 만들어낸 대선이 끝났고, 드디어 새 대통령이 탄생했다. 화요일에 투표를 하고 집으로 돌아와 책을 읽었다. 심상정이 쓴 『당당한 아름다움』과 『실패로부터 배운다는 것』이었다.

개인적으로 이번 대통령 선거에서 가장 새롭게 다가왔던 인물이 심상정 후보였다. 맨 처음 그가 눈에 띄었던 건 본격적인 선거운동이 시작되기 전 '슈퍼우먼 방지법'을 공약으로 내놓았을 때였다. '슈퍼우먼 방지법'이라니. 이 얼마나 은유적이고도 선명한 법안 이름인가. 출산휴가 확대, 육아휴직 급여 인상, 육아기 근로시간 단축제도 조정 등이 포함된 법안의 핵심은 육아와 돌봄을 부모의 공동 책임으로 정하고, 이를 법과 제도로 뒷받침하겠다는 것이었다.

'슈퍼우먼 방지법'은 그동안 여성 정치인이자 어머니로 살아온 심상정의 문제의식이 이 시대의 보편적인 그것과 맞닿았기 때문에 탄생한 것으로 보인다. 바야흐로 진보 정치가

'관념에서 생활 속으로' 내려온 것이다.

심상정은 1980년에 서울대 최초로 총여학생회를 조직하고 여학생들을 위한 학회를 만들었다. 당시만 해도 여성이 '꽃'으로만 여겨지던 시절이었다. 학생운동 내에서조차 여학생은 지도자로 성장하지 못하고 배제되었다. 그러나 심상정은 "여성들이 보조역이 아닌 주체로 서야 한다는 문제의식"을 가졌고, 그것을 실천에 옮겨서 총여학생회를 만들었다.

2004년에 국회의원이 된 것도 '여성할당제'와 관련이 깊다. 당시 심상정이 소속된 민주노동당이 당내에 여성할당제를 도입했고, 당원 직선으로 치러진 비례대표 후보 선거에서 그가 여성 최다 득표로 1번을 배정받았다. 『당당한 아름다움』에서 그는 강조한다. "사회 각 분야에 여성 리더가 적은 이유는 능력이 없어서가 아니라 그런 기회를 갖지 못해서다… 언제 여성들에게 지도자 훈련을 받을 기회를 준 적이 있는가?"

『실패로부터 배운다는 것』에는 정치인으로서 심상정이 지향하는 방향성이 뚜렷이 제시되어 있다. 25년 동안 노동운동가로 살았던 그가 국회의원이 된 후에는 왜 '정치가 우선이다'라고 주장했는지 이해된다. 법과 제도가 바뀌지 않으면 소수자와 서민의 삶이 변하지 않기 때문에 "정치 개혁이 없으면 변화는 오지 않는다"라고 강조한 것이다.

맨 처음, 소수자로서의 여성 인권에 관심을 가졌던 심상정이 노동자 권리, 동물보호, 성소수자 인권 등으로 실천 영역을 넓혀간 건 자연스러워 보인다. 4월 25일의 대선 TV토론에서 보았듯이, 그는 성소수자에 대해 정치적으로 올바른 시선을 지닌 유일한 후보였다.

거대 양당 체제와 거리를 두고 소수자를 위한 정치지대를 꿈꾼다는 점, 막상 투표가 시작되면 사표(死票) 방지 심리에 휩싸여 제대로 평가받지 못한다는 점, 전국적인 진보 정치의 상징이 되었다는 점 등에서 심상정은 미국의 정치인 버니 샌더스와 닮은꼴이다. 미국의 자생적 사회민주주의자, 버니 샌더스는 걸핏하면 공화당과 타협하여 정치 개혁을 미루는 민주당을 압박하는 역할을 했다.

대선 기간 중 '심블리'로 불리며 친근하게 다가왔던 심상정이 새 정부 내에서 샌더스 같은 역할을 하게 되길 바란다. 심상정이 저서에서 지적한 대로, 통합이란 이쪽저쪽 의견 다 받아들이고 절충하는 게 아니라 "사회 전체를 보고, 가장 극단적으로 고통받고 있는 이들부터 대변하는 데서 시작되는 것"일 테니까. 심상정과 진보 정당의 앞날을 기대한다. (2017.5.11.)

대통령의 새로운 길

새 정부가 들어선 이후 지인들이 수다스러워졌다. 오랜만에 만나는데도 공통 화제가 쏟아져 나온다. 누군가는 '청와대 F4'를 일일이 열거하며 '증세 없는 안구 복지'를 논했다. 어떤 이는 '문변'이란 아이디로 세월호 유가족에게 남긴 대통령의 댓글을, 다른 이는 길고양이 찡찡이와 반려견 마루의 근황을 얘기했다. 다들 달라진 통치 문화와 기풍을 환호하는 분위기였다.

새삼스레 대통령의 정치철학이 궁금해진 건, 지난주 추가경정예산에 관한 국회 시정연설을 듣고서였다. 그날, 집에서 늦은 점심식사를 하며 우연히 TV를 시청했다. 그리고는 30여 분 남짓한 연설을 숨죽여 들었다. 어떤 대목에선 가슴이 먹먹해졌다. 우리나라 대통령에게서 듣게 될 거라고는 미처 예상하지 못했던 내용도 있었다. 경제민주화 없이는 진정한 민주주의의 실현이 불가능하다는 게 대통령의 전반적인 인식이었다.

"우리나라의 경제불평등 정도는 이미 세계적으로 심각한

수준입니다. 상위 10%가 전체 소득 가운데 차지하는 비중이 50%, 절반에 육박합니다… 이런 흐름을 바로잡지 않으면 대다수 국민은 행복할 수 없습니다… 민주주의도 실질이나 내용과는 거리가 먼 형식에 그치게 됩니다."

우리 사회가 계층화에 기반을 둔 불평등 사회라는 건, '수저론'이 널리 공감대를 형성한 것만 봐도 확실하다. 이대로 가면 빈익빈 부익부 현상은 가속화되고, 노인 빈곤율과 자살률은 OECD 최하위 성적을 쭉 유지할 것이며, 청년들은 삼포세대, 아니 칠포세대에 머물고, 출산율은 갈수록 하락할 것이다. 누군가, 무언가를, 시도해야 하는 것이다.

"해법은 딱 하나입니다. 좋은 일자리를 늘리는 것입니다. 고용 없는 성장이 계속되는 것을 막아야 합니다. 성장의 결과 일자리가 생겨나는 것이 아니라, 일자리를 늘려 성장을 이루는 경제 패러다임의 대전환이 필요합니다."

경제 전문가들도 비슷한 해결책을 제안한 바 있다. 소득 불균형을 해소하기 위해서는 '소득주도성장'을 지향하고, 어느 정도 분배 구조를 바꾸는 과정이 필요하다는 것이다. 경제성장이 경제민주화와 동일어가 아니듯이, 대기업 성장 위주의 낙수효과가 경제성장을 이끌던 시대는 지났다고 말한다.

그렇다면 새 정부의 지향점은 어디일까? 지난 2012년에 발간된 대통령의 저서 『사람이 먼저다』에는 '포용적 성장'과 '사회적 경제' 개념이 나온다. 성장과 분배를 배타적이 아니라 포용적으로 간주하고, 분배와 복지를 성장 촉진의 원동력으로 삼는 것이 포용적 성장의 원리이다. 사회적 경제도 이와 비슷하다. (사회적) 협동과 (시장) 경쟁의 두 측면을 포괄해서 경제 체제를 구축하는 방식이다.

이 모든 논의의 핵심은 시장 경쟁의 원칙 속에서도 공공성 또는 사회적 가치를 실천하자는 것이다. 또한 경쟁지상주의와 승자독식 구조를 축소하자는 것이다. 그러자면 자연히 '작은 정부'가 아니라 공공성을 실현할, 일하는 정부가 필요하다.

어쩌면 새 정부가 제시한 해법은 기대만큼 큰 효과를 낳지 못할지도 모른다. 이 모든 건 북유럽 경제모델을 지향하는 올바른 시도이긴 하지만, 우리로서는 낯설고 새로운 방식이기 때문이다. 시장 논리를 신봉하는 기득권 세력의 저항도 거셀 것이다.

대통령의 현실 인식과 경제정책 방향을, 그를 지지하는 대다수의 국민들과 함께 응원한다. 누구도 가보지 못했던 그 길을 문 대통령이 개척하길 바란다. 고 노무현 대통령을 언급하면서 했던 말, "그가 멈춘 그곳에서, 그가 가다 만 그 길을 머뭇거리지도 주춤거리지도 않고 갈 것"이라던 결심도 부디 흔들리지 말기를. (2017.6.22.)

마음의 빛을 지우는
'택시운전사'

　광주의 5월은 그동안 수많은 이들에게 마음의 빛과 부채감을 남겼다. 항쟁에 직접 참여했든 안 했든, 혹은 광주의 실상을 모르거나 외면한 채 그 시절을 흘려보냈든, 많은 이들에게 광주는 부채감, 죄책감, 부끄러움, 죄의식 등을 소환하는 슬픔과 각성의 공간이었다. 그래서였을 것이다. 감히 광주의 5월을 소재로 창작물을 만들겠다는 생각은 누구든 쉽사리 할 수 없었다.

　〈택시운전사〉의 장훈 감독도 한 인터뷰에서 이러한 부채감에 대해 언급했다. "5·18 때 다섯 살이어서 당시 기억은 전혀 없지만 광주 시민에 대한 부채감은 늘 있었다. 그 희생의 결과로 우리가 지금의 세상에 살고 있으니까."

　지난 5월, 제37주년 5·18민주화운동 기념사에서 문재인 대통령이 언급한 부채감도 비슷한 맥락이었다. "광주의 진실은 저에게 외면할 수 없는 분노였고, 아픔을 함께 나누지 못했다는 크나큰 부채감이었습니다. 그 부채감이 민주화운동에 나설 용기를 주었습니다."

그렇다면 그 시절 항쟁에 참여했던 이들은 부채감으로부터 자유로웠을까. 1980년 당시 전남대학교 학생으로 시위에 참여했고, 이후 '오월 문학'을 언급할 때 가장 먼저 떠오르는 임철우 소설가는 그 누구보다도 극심한 죄책감에 시달린 것으로 알려져 있다. 광주의 진실을 증언하려는 책무 속에서 집필했던 소설 『봄날』의 서두에서 그는 이렇게 밝히고 있다.

"고백건대, 그 열흘 동안 나는 아무 일도 하지 못했다. 몇 개의 돌멩이를 던졌을 뿐, 개처럼 쫓겨 다니거나, 겁에 질려 도시를 빠져나가려고 했거나, 마지막엔 이불을 뒤집어쓰고 떨기만 했을 뿐이다. 그 때문에 나는 5월을 생각할 때마다 내내 부끄러움과 죄책감에 짓눌려야 했고, 무엇보다 내 자신에게 '화해'도 '용서'도 해줄 수가 없었다."

오랜 세월 동안 광주 시민들은 폭도로, 북한군의 꼭두각시로 왜곡되고 배척당했다. 5·18이 '광주사태'로 불리던 시절도 길었다. 임철우 소설가를 비롯한 숱한 문화예술인들이 예술가로서의 윤리적인 사명감을 힘겹게 지켰던 이유이다.

그리고 2017년, 광주의 살육 현장을 그 어떤 매체보다도 대중 친화적인 시선으로 안내하는 영화 〈택시운전사〉가 도착했다. 감독이 파악하고 있듯이, 그동안 광주와 연고가 없는 외부자가 주요 인물로 등장하는 5·18 관련 창작물은 없었다. 서울의 택시기사와 머나먼 독일에서 온 기자라니. 그러하기에 관객은 집 앞을 지나는 택시에 승차하듯이 가벼운 마음으로 택시기사 만섭이 차근차근 안내하는 역사의 폭력 현장으로 진입할 수 있다. 그리고 바로 그런 이유로 〈택시운전사〉가 관객에게 전달하는 부채감의 중량은 현격하게 줄어든다.

그러니까 한편으론 이런 생각이 드는 것이다. 광주의 5월을 소환하거나 기억할 때마다 많은 이들이 느껴왔던 부채감 혹은 부끄러움, 그걸 덜어주는 효과를 통해 이 영화는 폭발적인 공감대를 형성한 게 아닐까. 광주의 실상은 아직 완전히 규명되지 않았는데, 혹시 우리가 너무 빨리 마음의 빚을 지우려고 하는 게 아닐까.

광주의 5월을 바라보는 시선은 여전히 진화중이다. 1980년 당시에 어린아이였던 장훈 감독이 그러했듯이, 문자나 영상으로만 5·18을 배운 예술가들은 보다 다양한 시선과 관점으로 광주의 5월을 다루게 될 것이다. 그래도 너무 쉽게 찾아드는 기이한 안도감만은 피하고 싶다. 광주의 고통을 신성화하자는 게 아니다. 다만 대중예술 미학의 요구에서 살짝만 더 벗어나 관객을 조금만 더 불편하게 만드는 창작물을 보고 싶은 것이다. (2017.8.24.)

노무현 대통령을 기억하는 방식

노무현 대통령을 기억하는 방식은 각자 다르다. 1982년, 부산 부민동의 변호사 사무실에서 그를 처음 만난 당시의 문재인은 그날을 운명의 시작점으로 기억하고 있다. 문 대통령의 저서 『운명』에는 "그 만남이 내 평생의 운명으로 이어질 줄은 상상도 못했다"라고 적혀 있다.

노 대통령을 기억하는 또 다른 방식이 있다. 연일 쏟아지는 측근들의 폭로로 인해 비리 의혹의 중심에 선 이명박 전 대통령은 지난주에 놀랍게도 그의 죽음을 거론했다. 현재 진행 중인 검찰 수사가 "정치공작이자 노무현 대통령의 죽음에 대한 정치보복"이라고 규정하며 자신의 무죄를 항변한 것이다. 이 전 대통령은 그 누구도 예상치 못한 기묘한 방식으로 노 대통령의 죽음을 소환했다.

나에게 노무현 대통령은 TV 속 한 장면으로 기억된다. 지난 2003년 3월 갓 취임한 노 대통령이 '전국 검사들과의 대화'를 주재했고, 그 광경이 전국으로 생중계되었다. 나로서는 현직 대통령이 생방송에 출연하여 평검사들과 대화를 나눈다는 사실 자체가 매우 신기했다. 이 나라 역사에 현직 대통령이 생방송에서 전문가 집단과 2시간여 동안 열띤 토론을 벌였던 적이, 과연 있었던가.

하지만 당시의 검사들은 그렇게 감격스럽지가 않았나 보았다. 토론을 앞두고 대통령과의 대등한 좌석 배치를 요구하며 입장을 거부한 채 실랑이를 벌였으니까. 그뿐만이 아니었다. 토론 중 한 검사는 고졸인 대통령의 학력을 노골적으로 비아냥거렸다. "대통령 님께서 83학번이다, 라는 보도를 어디서 봤습니다, 제가. 혹시 기억하십니까?… 저는 그 보도를 보고 내가 83학번인데 동기생이 대통령이 되셨구나, 이런 저기를 (생각을) 했습니다."

또 다른 검사는 노 대통령이 취임 전에 청탁 전화를 했다고 몰아붙였다. 뇌물 사건과 관련하여 부산 동부지청장에게 전화를 걸었다는 것이다. "그때는 왜 검찰에 전화를 하셨습니까?" 검사가 묻자 노 대통령의 그 유명한 대사가 튀어나왔다. "이쯤 가면 막하자는 거지요?" 그런 후에 설명이 이어졌다. "청탁 전화 아니었습니다… 그 검사도 이 토론 보고 있지 않겠습니까? 해운대 지구당의 당원이 사건이 계류되어 있는 모양인데, 위원장인 나한테 자꾸 억울하다고 호소를 하니… 얘기를 한번 들어주십시오. 그것뿐입니다."

벌써 오래전 일이다. 그런데 세월이 지나고 보니 새삼 그

TV토론이 얼마나 값진 것이었는지, 이 나라 민주주의의 발전에 어떤 의미였는지 돌아보게 된다. 대통령중심제의 정치권력 구조에서 취임식을 막 치른 대통령이 보여준 그 소탈하고 탈권위적인 태도가 얼마나 소중한 것이었는지.

고 노무현 대통령은 시대를 앞서간 인물이었다. 그에 비해 나를 비롯한 대다수의 시민들은 그의 열린 사고방식을 낯설어했다. 그래서 폄하했다. 어쨌든 우리는 독재의 그늘 아래에서 무탈하게 살았고, 쿠데타와 유신헌법과 국가보안법과 '닭장차'가 일상인 시대에서 살아남은 사람들이니까. "그를 만나지 않았다면 적당히 안락하게, 그리고 적당히 도우면서 살았을지도 모른다."라고 『운명』의 저자조차 쓰고 있으니까.

적당히 안락하게 적당히 도우면서 살아가며 시대와 타협했던 시민들은 그래서 그의 죽음이 더욱 슬펐다. 시대를 앞서간 대통령을, 평범하게 가난했던 대통령을, '정치적 타살'로부터 지키지 못했다는 슬픔이었다.

지난주에 고 노무현 대통령의 저서들을 읽어보았다. 『여보, 나 좀 도와줘』부터 『운명이다』와 『진보의 미래』까지. 이제야 비로소 진정한 애도가 시작된 것 같다. (2018.1.25.)

언론과 권력에 관한
세 편의 이야기

　새해 첫 주말에 다큐 영화 〈족벌 두 신문 이야기〉를 감상
했다. 첫 화면에서 귀에 익은 음성이 들렸는데 누군지 금방 알
아채지 못했다. 영상물에 대한 정보를 모른 채 식구가 거실에
서 시청하는 걸 우연히 옆에서 보게 되었기 때문이다. 언론과
권력의 관계, 즉 권력과 결탁한 언론은 엄청난 폐해를 가져올
수 있고, 통제되지 않는 언론은 스스로 권력이 될 수 있다고
경고하는 음성의 주인공은 바로 고 노무현 대통령이었다.

　〈족벌 두 신문 이야기〉는 장장 2시간 48분여 동안 방영된
다. 그런데도 전혀 지루하지 않았는데, 보는 내내 반전과 서스
펜스와 블랙 코미디가 계속되기 때문이다. 모두 3부로 구성된
이 영상물에는 제1부 '앞잡이', 제2부 '밤의 대통령', 제3부 '악
의 축'이라는 소제목이 달려 있다. 즉 1920년에 창간되어 백
년의 전통을 자랑하는 〈조선일보〉와 〈동아일보〉가 오랫동안
은폐한 친일·부역의 역사(1부), 해방 후 권력이 바뀔 때마다 그
권력의 편에 서서 자사의 몸집을 불리는 과정(2부), 그리고 막

강한 자본과 인맥을 바탕으로 대한민국을 거미줄처럼 장악하여 스스로 권력이 되어가는 과정(3부)이 낱낱이 소개된다.

언론과 권력에 관해 이야기할 때 영화 〈더 포스트〉와 〈스포트라이트〉를 떠올리게 된다. 둘 다 신문사를 배경으로 언론과 권력 간의 관계를 다룬다는 점, 그리고 실화를 바탕으로 한다는 점에서 〈족벌 두 신문 이야기〉와도 맥락이 닿아 있다. 다만 이 두 미국 영화는 권력의 정점에 있는 두 세력, 즉 정치세력(미 행정부)과 종교세력(가톨릭계)에 저항하며 신문사가 보도를 강행함으로써 언론이 자신의 존재 이유와 역할을 세상에 증명하는 이야기이다. 일제와 독재세력을 찬양·칭송하며 신문사 스스로가 권력이 되어버린 〈족벌 두 신문 이야기〉의 내용과는 사뭇 다르다.

영화 〈더 포스트〉는 1971년 〈워싱턴포스트〉가 '펜타곤 페이퍼'라는 베트남 전쟁 관련 기밀 보고서를 입수해서 보도하는 과정을 다룬다. 당시 '펜타곤 페이퍼'는 〈뉴욕타임스〉가 먼저 특종 보도했고, 이후 〈뉴욕타임스〉는 반역죄 등으로 고발되어 후속 보도가 중단된 채 대법원 판결을 기다리고 있었다. 그런데 경쟁지인 〈워싱턴포스트〉에서 다시 보도를 준비하며 발행인이 기소당할 위험을 무릅쓴 것이다. 편집국장인 벤(톰 행크스)과 신문사 사주인 캐서린(메릴 스트립)이 함께 머리를 맞대고 고뇌하는 모습은 인상적이다. 사장이자 사주인 캐서린이 위험을 감수하고 보도를 결정하는 장면은 〈족벌 두

신문 이야기〉의 화면에서 클로즈업되는 두 사주들의 모습과 대비된다

영화 〈스포트라이트〉의 경우, 가톨릭 사제들의 성추행 사건을 추적하는 〈보스턴글로브〉 기자들의 취재 과정을 담고 있다. 이 영화는 미국 사회의 정신적 지도자인 가톨릭 사제들이 수년에 걸쳐서 아동을 성추행해왔고, 추기경을 비롯한 수많은 이들이 이런 사실을 은폐하고 방조했다는 실화를 바탕으로 제작되었다. 실제로 〈보스턴글로브〉가 사건을 보도하기 시작한 2002년 이후 보스턴 대교구 성직자 249명이 성추행으로 고소당했다. 또한 그동안 감춰진 사제들의 성추행 범죄가 미 전역과 세계 각국에서 들추어졌다. 뿌리 깊고 방대한 종교 권력에 맞선 일선 기자들의 분투 과정을 세밀하게 보여주는 영화이다.

〈족벌 두 신문 이야기〉에서도 권력에 맞서 저항하는 신문사 기자들이 등장한다. 1974년과 1975년에 '자유언론'을 위해 싸우다가 해직된 기자들이 45년여가 지난 후 광화문 거리에서 삼배일보를 하고 있다. 이제는 철옹산성의 권력이 되어버린 족벌 언론사를 향해 여전히 매서운 눈길을 보내는 이들의 주름진 얼굴이 뭉클하고 눈물겹다. (2021.1.17.)

3부
레위니옹에서 온 손님

"우리 문화를 타자들의 시선으로 되짚어보면서
무심코 잃어버린 소중한 것들에 대해 다시금 생각해본다."

레위니옹에서 온 손님

며칠 전, 레위니옹 섬에서 온 손님 두 분을 만났다. 한 분은 김, 다른 분은 사라. 김과 사라는 한국을 방문 중인 해외입양인이었다. 해외에 사는 친구로부터 두 사람이 부산을 방문하니 잘 안내해 달라는 부탁을 받았다.

친구가 보내준 이메일에는 두 사람에 관한 자세한 정보가 없었다. 그 친구 역시 페이스북을 통해 둘을 알게 되었다고 한다. 그러니까 내가 할 일은, 부산 출신이며 친부모를 찾고 있는 사라를 돕는 것이었다. 두 사람이 한국에 도착한 후에야 그들이 아프리카 대륙 옆의 외딴 섬, 레위니옹에서 왔다는 걸 알았다.

인터넷에서 검색해 보니, 레위니옹은 프랑스령 섬이었다. 그제야 고개가 끄덕여졌다. 두 사람은 어린 시절에 각각 프랑스로 입양되었고, 입양 부모가 그들을 데리고 레위니옹 섬으로 이주한 것이다.

첫째 날, 부산역에서 두 사람을 만난 후 지하철을 타고 해운대의 숙소로 이동했다. 부산에 머무르는 동안 지하철을 이용할 수 있도록 미리 연습한 셈이었다. 해운대역에 내려서 바다가 보이자 사라가 소리쳤다. "라 메르(La mer)!" 바닷가 인근의 12층짜리 게스트하우스 건물로 들어설 땐 두 사람이 동시에 감탄했다. 레위니옹 섬에는 그처럼 높은 건물이 없다는 것이다.

둘째 날에는 사라의 입양서류에 적힌 보육원을 찾아갔다. 사라는 1983년 11월부터 입양되던 해인 1987년 1월까지 구서동의 동성보육원에서 자랐다. 보육원의 아동대장에 입소 경위가 적혀 있었다.

"1983년 8월 4일. 23시 50분. 부산시 북구 삼락동 옥림탕 앞 발견. 북부서에 의해 일시 보호소 보호 중 전입."

셋째 날은 일정이 바빴다. 먼저 부산시청을 방문하기로 했다. 발견 당시의 수용자대장을 직접 확인해서 혹시라도 추가 정보가 있는지 알아보기 위해서였다. 그런데 전화를 해보니 업무 담당자가 휴가를 떠났다며 다른 직원이 난처해했다. 일단 시청을 방문해서 사정을 설명하고 읍소한 후에야 서류를 확인할 수 있었다.

1983년 8월 4일, 23시 50분, 부산시 북구 삼락동 옥림탕 앞에서 3세가량의 신원미상 여자아이가 울고 있었다. 아이는 빨간색 점무늬가 있는 흰색 원피스와 하늘색 바지를 입었고, 분홍색 운동화를 신고 있었다. 관할서는 아이의 보호자를 수

소문하며 약 보름간의 확인공고 기간을 가졌다.

다음으로 발견 장소의 현재 관할서인 사상경찰서를 찾아갔다. 그곳에서 '헤어진 가족찾기' 민원을 접수하고, DNA 등록 절차를 마쳤다. 이제 사라(Sarah Eich)의 DNA 정보는 전국 경찰서의 전산망에 기록되어 있다. 그녀를 찾고자 하는 가족은 가까운 경찰서에 들러 DNA 확인절차를 하면 된다.

마지막으로 옥림탕을 가보기로 했다. 혹시나 해서 인터넷 검색을 해보니, 감전역 인근에 실제로 옥림탕이 있었다. 하지만 막상 주소지를 찾아가니 옛 목욕탕 자리에 신축 원룸이 들어서 있었다.

부산에서 나흘 동안 머물렀던 김과 사라는 지난주에 다시 레위니옹으로 돌아갔다. 한 존재가 정체성의 기원을 찾아 헤매는 일의 의미를, 그 환한 미소 속에 감춰져 있을 상처와 외로움을, 누구든 감히 짐작할 수 없을 것이다. 하지만 고국에서의 시간이 두 사람의 영혼에 잠시나마 평안을 가져왔기를, 그리고 사라의 가족 상봉이 꼭 이루어지기를, 진심으로 바란다.

출국 직전, 두 사람은 인천공항에서 내게 마지막 문자 메시지를 보내왔다. "바이 바이, 코리아. 다시 돌아올게요." (2017.6.1.)

한국 문화를 배우는
즐거움

올봄에 '경기민요와 장구'라는 강좌를 수강한 적이 있다. 대학 내 평생교육원에 개설된 강좌였는데, 개인적인 학습목표는 소박했다. 장구로 직접 세마치장단을 치면서 아리랑 민요를 멋들어지게까지는 아니더라도, 무난하게 불러보는 것이었다.

국악을 비롯해 전반적인 전통문화에 관심을 갖게 된 건, 강사로 일하는 대학에서 새로운 교양 교과목을 가르치게 되면서부터이다. 어느덧 3년째 학내 외국인 학생들에게 한국 문화를 개괄적으로 소개하는 과목을 가르치고 있다. 미국에서 살 때 대학 학부생들에게 한국어를 가르친 적은 있지만, 우리 문화를 전문적으로 연구하거나 가르친 적이 없어서 처음엔 매우 난감했다. 영어로 강의가 가능하고, 그나마 비교 문화적 시각과 다문화 인식을 갖고 있다는 이유로 교과목을 맡게 된 듯했다.

강의를 시작한 첫해엔 모든 게 오리무중이었다. 한국어를 전혀 모르는 대다수 수강생들에게 우리 문화의 어떤 분야를 어느 정도 깊이까지 소개해야 하는지 당혹스러웠다. 일단 기존에 출간된 강의 교재를 참고하고, 틈틈이 책과 자료를 읽으며 공부했다. 그래도 나름대로 한 가지 원칙을 세워두긴 했다. 다양한 매체와 실물을 활용하여 문화를 경험하고 느끼게 하자는 것이었다.

예컨대 판소리에 담긴 '한'을 설명할 땐 영화 〈서편제〉의 엔딩 장면을 함께 감상했다. 동호가 마침내 장님이 된 송화를 만난 후 그녀의 〈심청가〉 가락에 맞춰 북을 치는 장면은, 한이라는 정서가 어떤 느낌인지, 그리고 소리꾼 유봉이 왜 송화의 목소리에 한이 스며들도록 가르치려 했는지 설명해준다. 송화의 눈을 멀게 한 유봉의 행위를 도저히 이해하지 못하겠다는 외국인 학생들도, 송화의 절절하고 애끓는 〈심청가〉 가락을 들으면 숙연해진다.

한국의 무교를 공부할 땐 영역된 김동리의 단편소설 「무녀도」를 함께 읽은 후 토론했다. 전통 무교와 기독교 세계관의 충돌이 어머니와 아들의 비극적인 관계로 집약된 이 소설은, 의외로 외국인 학생들의 상상력을 활발하게 자극하는 듯했다. 한 학생은 이 소설에서 인류 보편적인 세대 간 갈등 현상을 읽었다. 또 다른 학생은 자신이 직접 겪은 종교적 갈등과 체험을 이야기했다.

외국인 학생들이 한국을 방문하는 이유는 매우 다양하다.

TV 드라마 〈대장금〉을 시청한 후 한국이 좋아져서 교환학생으로 왔다는 터키 남학생, 무교에 관심 많은 이탈리아 여학생들, 소녀시대 멤버들의 특징과 경력을 줄줄이 꿰는 카자흐스탄 여학생, 〈태양의 후예〉의 '송송 커플'을 좋아하는 나이지리아 여학생, 동아시아의 언어와 한글을 연구하는 미국 여학생 등등. 이들은 저마다 다른 이유로 한국 문화에 매료되어 이곳을 찾아왔다.

그런데 당연하게도, 모든 학생들이 한국 문화를 긍정적으로만 바라보는 건 아니다. 어른을 공경하고 존칭어를 사용하며 일상에서 여전히 유교 문화를 실천하는 한국인들이 왜 동시에 성형 수술을 당연시하는 외모지상주의자들이 되었는지 의문을 갖기도 하고, 한류 현상 속에 가려진 대형 기획사 연습생들의 인권 문제와 동남아시아로 퍼져나가는 문화 제국주의적 요소를 비판하기도 한다.

대학가의 여름 계절학기가 막바지에 접어들고 있다. 무더위 속에서 한국 문화를 공부했던 외국인 학생들도 곧 학기를 마치고 귀국길에 오른다. 아침마다 두렵고 설레는 마음으로 강의실 문을 열었던 시간들 속에서 아마도 가장 많이 배우고 깨달았던 사람은 바로 나 자신이었을 것이다. 우리 문화를 타자들의 시선으로 되짚어보면서 무심코 잃어버린 소중한 것들에 대해 다시금 생각해본다. (2017.7.13.)

일상이 예술이
되는 순간

부산소설가협회에서 주최하는 여름소설학교가 7월 22일과 23일에 지리산 자락에서 열렸다. 어느덧 36회째를 맞이한 이번 소설학교의 주제는 다소 거창했다. '4차 산업 도래에 따른 새로운 글쓰기 전략'. 예년과 달리 일반 독자들의 참석률이 높았는데 나중에 얘기를 들으니 글쓰기 전략이라는 올해의 주제가 매우 솔깃했다는 것이었다.

평소에 나 역시 글쓰기 전략, 혹은 비법에 혹할 때가 많다. 어떻게 하면 매력적인 문장을 쓸 수 있을까. 그리고 좋은 글을 쓸 수 있을까. 그래서 언젠가 글쓰기에 관한 책들을 두루 읽어본 적이 있다.

도종환 시인에게 좋은 글은 울림이 있는 글이었다. 「우리는 왜 글을 쓰는가」에서 도종환 시인은 중요한 건 울림이며, 글이 가진 가장 큰 힘은 남의 마음을 움직이는 일이라고 한다. 이병률 시인의 생각도 비슷했다. 『나는 작가가 되기로 했다』에서 그는 글에 온기를 담는 게 중요하며 그런 글이 사람들의 심장을 움직인다고 말한다.

그런데 어떻게 하면 사람의 마음을 움직이는 글을 쓸 수 있을까? 이에 관한 대답은 고종석이 『고종석의 문장』에서 명쾌하게 제시한 바 있다. "글은 재능이 아닌 훈련에 달렸다." 그에 의하면 좋은 글을 쓰려면 무엇보다도 계속 쓰는 게 중요하다. 그리고 "정말 잘 쓰인 글을 많이, 되풀이 읽는 게 중요하다."

사실 고종석의 조언은 대부분의 문인들이 이구동성으로 동의하는 글쓰기 비법이기도 하다. 즉 좋은 글은 타고난 재능이 아니라 압도적인 노력과 훈련의 결과로 획득된다는 것이다. 헤밍웨이가 『노인과 바다』를 400번 이상 고쳤고, 톨스토이 역시 방대한 분량의 『부활』과 『전쟁과 평화』를 수십 번 수정했다는 사실은 잘 알려진 일이다.

다작을 하면서도 놀랍게도 태작은 내보내지 않는 소설가 김연수 역시 산문집 『소설가의 일』에서 중요한 건 재능이 아니라 매일 쓰는 행위라는 데 열렬히 동의한다. "매일 글을 쓴다. 한순간 작가가 된다. 이 두 문장 사이에 신인, 즉 새로운 사람이 되는 비밀이 숨어 있다."

문자 그대로의 의미인 근육, 즉 힘줄과 근력 만들기가 글쓰기의 기본이라고 말한 이는 무라카미 하루키였다. 산문집 『직업으로서의 소설가』에서 하루키는 소설을 쓰기 위해서는 '피지컬한 힘'을 갖추는 게 중요하다고 말한다. 소설을 쓰려면 끈질긴 작업을 가능케 할 지속력이 요구되며, 더구나 글을 쓴다는 것은 마음속 어두운 밑바닥에 도사린 위험한 요소들과 일상적으로 대면하는 것이므로 작업을 하기 위해서는 반드시 육체적인 강인함이 필요하다는 것이다.

그렇다면 매일 읽고 쓰면 누구나 훌륭한 작가가 될 수 있을까? 한 줌의 상상력, 혹은 '낯설게 하기'가 필요하지는 않을까? 평범하고 지겨운 일상이 예술로 바뀌는 순간, 어떤 찰나적 시선이 필요하지 않겠는가. 길거리에 구르는 연탄재에서 뜨거운 기억을 호출하는 「너에게 묻는다」의 안도현 시인이나, 외국으로 돈 벌러 떠나는 아들을 배웅하며 뭉클한 것을 선물하는 「금정산을 보냈다」의 최영철 시인처럼, 치열한 일상을 살면서도 동시에 거기에서 한 발짝 멀어지는 어떤 지점이 필요하지 않겠는가.

평범한 사물이나 일과를 작품으로 빚어내기 위해 우리가 배워야 할 것은, 예술적 기교나 전략이 아니라 삶 그 자체일지도 모른다. 모든 예술은 삶에서 흘러나오는 것이고, 일상이 예술이 되는 그 마법의 순간을 맞이하기 위해서는 결국 삶을 제대로 사는 방법을 끊임없이 배워가야 할 테니까.

(2017.8.3.)

우리 모두의 김

얼마 전 벨기에에서 사는 입양인 친구, 김에게서 이메일이 왔다. 김은 부산의 한 보육원에서 자라다가 세 살 때 벨기에로 입양되었다. 그녀가 이메일을 보낸 이유는 부산 출신의 또 다른 입양인을 내게 소개하기 위해서였다. 그가 친부모를 찾길 원하니 미리 자료 조사를 해 달라는 거였다. 김의 부탁은 이번이 처음이 아니었다. 그동안 김을 통해 해외 입양인들을 여럿 만났고, 그때마다 그들과 함께 부산시청과 보육원 등을 방문했다.

김은 5년 전에 친모와 상봉했다. 당시에 김을 돕기 위해 내가 시청을 찾아가 서류들을 확인했었다. 그런데 뜻밖에도 '요보호자 수용 의뢰서'와 '상담조서'에서 그녀의 부모 이름과 주민번호를 발견할 수 있었다. 갓 태어난 아기를 양육할 수 없었던 그녀의 엄마가 경찰서에 아기를 맡기면서 개인정보를 또박또박 남겨 놓은 것이었다. 김은 매우 운이 좋은 경우였다. 부모에 관한 정보가 고스란히 남아 있었고, 이후의 과정에서 친가족이 기꺼이 상봉할 의사를 밝혔기 때문이다.

이번에 친구 김이 소개한 입양인의 이름 역시 김이었다. 성이 아니라 이름이 김이다. 친구 김을 처음 알게 된 이후 그동안 여러 명의 김을 만났다. 모두 1970년대와 1980년대에 벨기에와 프랑스로 떠난 입양인들이었다. 왜 모두 이름이 같을까. 아기를 입양할 당시에 양부모들이 영어의 마이클이나 존처럼, 한국에서는 김이 대중적인 이름일 거라고 짐작했던 것이다.

이번에 소개받은 김은 1970년에 벨기에로 입양된 남성이다. 김 델브라시네(Kim Delbrassinne). 홀트 입양 서류에 다음의 정보가 적혀 있다.

"이름: 김철수. 생년월일: 1966년 3월 30일. 1966년 4월 8일 부산시청에서 성모보육원으로 보호 조치. 1970년 3월 12일 성모보육원에서 홀트로 이동. 1970년 8월 벨기에 델브라시네 부부에게 입양됨."

입양 서류에 남겨진 아기 이름과 생년월일은 대부분 보육원에서 만들어진다. 시청을 방문하여 발견 당시에 작성된 서류를 보고, 이름과 생년월일의 진위를 확인해야 하는 이유이다. 최초 발견지나 발견자에 관한 정보도 알아야 한다.

전화로 예약한 후 반송에 위치한 옛 성모보육원을 방문했다. 김으로부터 미리 받아둔 개인정보 열람 허가서를 제출하자, 싯누렇게 변색된 오래전의 서류를 확인할 수 있었다. 보육원 입소 시기와 경로 등이 홀트의 기록과 일치했다. 새로운 정보가 없었다. 다만, 서류 하단에 흑백사진 한 장이 남아 있었다. 앞으로 김이 더없이 소중하게 간직하게 될, 첫돌 무렵의 모습을 담은 사진이었다.

그날 오후에 시청의 여성가족국을 방문했다. 업무 담당자가 자주 바뀌는데 이번에도 새로운 얼굴이었다. 염려했던 대로 의사소통이 잘 되지 않았다. 내가 건넨 서류에 적힌 이름과 생년월일로 전산 조회를 해서 '아동카드'를 출력해 줄 뿐이었다. 보육원 기록으로 만들어진 아동카드는 도움이 되지 않으니 발견 당시의 서류를 확인해야 한다고 읍소했다. 추가 업무라며 불평하는 담당자를 설득하여 지하층의 기록관으로 향했다. 1966년 3월 30일 전후로 발견된 신생아 남아에 관한 정보를 찾아야 했다. 결국 더 이상의 서류는 찾을 수 없었다.

벨기에의 김이 첨부파일로 보내온 현재 모습의 사진을 바라본다. 쉰 살을 훌쩍 넘긴 한 입양인 남성의 간절한 마음이 읽힌다. 인연이 또 다른 인연을 불러오는 세상의 이치를 다 이해할 수는 없다. 하지만 아주 오래전에 이 땅을 떠나야 했던 김이, 당신과 나, 우리 모두의 김들이라는 사실은 알 것 같다. (2017.12.14.)

나이 듦에 관하여

연말연시에 여행을 다녀왔다. 모처럼 엄마를 모시고 오빠와 나의 가족이 다 함께 서해안을 다녀온 것이다. 격포 해수욕장과 채석강, 내소사를 둘러보고, 곰소에 들러 젓갈을 샀다. 광주로 가는 길엔 선운사에 들렀다. 유튜브에서 송창식의 〈선운사〉를 찾아 들으며 대웅전 뒤편의 동백 숲에서 기념사진을 찍었다.

엄마를 '모시고' 다녀왔다고 했지만, 실은 엄마의 노동을 바탕으로 성사된 여행이었다. 2박 3일 동안 필요한 식재료와 음식 준비를 모두 엄마가 담당한 것이다. "내가 다 준비할 테니 넌 과일이나 사 와라." 과일과 와인을 사서 숙소에 도착하니 과연, 냉장고에 모든 게 완벽하게 준비되어 있었다.

네 가지 종류의 나물, 각종 김치류, 깻잎절임, 양념게장, 미리 손질된 생선들, 직접 길러서 뽑아 씻어 온 배추속대와 상추, 잘게 썰어 준비한 떡국용 소고기 등등. 감탄사가 절로 나왔다.

엄마와 '썰전'을 치른 건 그날 저녁이었다. 저녁 식사 후 남녀로 구분한 숙소의 방에 나른히 누웠을 때 엄마가 성형수술에 관해 운을 떼었다. 얼마 전에 집안 행사에 참석했는데 친척들이 엄마 얼굴을 몰라봤다는 거였다. 왜 이렇게 얼굴이 못쓰게 되었느냐, 어디 아프시냐 등의 인사말을 들었다고 했다. 그 후로도 주변 사람들로부터 비슷한 얘기를 듣고 있으니, 이번에야말로 얼굴 주름을 제거하는 성형수술을 해야겠다는 것이었다.

엄마는 이미 결심을 끝낸 후였다. 오빠의 친구인 성형외과 의사를 벌써 섭외해 둔 상태였다. 서울에 사는 오빠의 친구가, 병원 성수기인 겨울철이 지나고 3월이 되면, 서울에 한번 오시라고 했다는 거였다. "그런 걸 왜 해요?" 나는 황당해서 이런저런 말을 쏟아냈고, 엄마의 반박이 이어졌다.

"주름은 자연스러운 거예요. 받아들이세요." "나이 들면 쭈글쭈글 추접하게 살아야 되냐?" "엄마 나이 일흔이 넘었어요." "나이가 뭔 상관이냐?" "탤런트도 아니고 텔레비전에 출연할 거예요?" "탤런트만 주름 수술하냐?" "건강하신 걸 다행으로 여기시면 안 돼요?" "건강하니까 이런 생각도 하는 거다." "나이 드신 거 인정하고 받아들이세요." "너도 늙어 봐라."

위험 수위를 넘나드는 발언이 오가다가 어느 순간 엄마가 먼저 이성을 되찾았다. 동시에 확실하게 선을 그었다. "더 이상 말하지 마라. 내가 알아서 할란다."

다음 날과 그다음 날엔 엄마도 나도 '썰전'은 잊어버리고 평소처럼 행동했다. 함께 낙조를 감상하고, 새해를 맞이하고, 사우나에 갔다. 여행을 마치고 집에 돌아와 검색해 보니 요즘 부모님들이 반기는 명절 선물 중 하나가 바로 효도 성형이라고 한다.

그제야 비로소 생각해보았다. 모성이라는 감옥에 대하여. 내가 은연중에 엄마에게 요구하고 있는 모성 신화의 굴레에 대하여. 당신 자신의 욕망은 억누르거나 감추고, 자식의 편의에 맞춰 희생하는 엄마이기를 바라는 나의 이기심에 대하여.

고 박완서 소설가가 일흔일곱의 나이에 발간한 소설집 『친절한 복희씨』에 이런 글귀가 나온다. "그 암울하고 극빈하던 흉흉한 전시를 견디게 한 것은 내핍도 원한도 이념도 아니고 사치였다."

우리가 하루하루 힘든 현실을 견디고 살아가는 게, 바로 정신적이거나 물질적인 '사치' 때문이라는 것이다. 일상을 초월하는 사치에의 욕망이야말로 삶의 위안이 된다는 것이다. 아무래도 꽃피는 3월이 되면 엄마를 모시고 서울 나들이를 하게 될 것 같다. (2018.1.4.)

한 시대가 끝나고 있다

　요즘 밝혀지는 성폭력 범죄의 바탕에는 우리 사회에 뿌리 깊게 박혀 있는 성차별 의식이 놓여 있다. 성차별 의식은 언론을 통해 성폭력 전력이 밝혀지고 있는 '괴물'들에게만 있는 게 아니다. 우리 사회의 평범한 남성과 여성들에게도 성차별 의식은 관습과 예의범절이라는 이름으로 굳건히 존재하고 있다. 우리 사회에 만연한, 그동안 너무나 익숙해서 문제점이라고 인식하지 못했던, 가부장제하의 성차별주의가 이제야 민낯을 드러내고 있다.

　일상에 뿌리내린 성차별주의는 그동안 많은 이들의 무의식을 지배해왔다. 평생 무탈하게 잘 살아온 유명 인사들이 갑작스럽게 성폭력 범죄자로 전락한 후에, "사실이 아니다", "기억나지 않는다", "합의하에 이루어진 관계였다" 등으로 진술하는 것도 그들로서는 아마도 진심일 것이다. 그들 역시 황당하고 당혹스럽고 어리둥절한 상태인 것이다. 아니, 오랜 세월 동안 사회문화적으로 묵인되어 왔는데, '이제 와서 갑자기 왜?' 또는 '왜 나만?' 하는 심정일 것이다. 지난주에 제1야당 대표가 "하루아침에 대한민국에서 살기가 어렵게 됐다"고 토로한 것도 이런 맥락일 것이다. 미투 운동이 확산됨에 따라 위기감과 당혹감을 느끼는 중장년층 남성들의 심정을 그가 모처럼 잘 대변한 셈이다.

일상에 팽배한 성차별주의의 정점에 권력형 성범죄가 놓여 있다. 법조계의 안태근, 문화예술계의 고은, 이윤택, 김기덕, 그리고 정치계의 안희정 사건이 이 유형에 속한다. 달리 말하면, 위계나 권력에 기반을 둔 성범죄가 당장 우리의 눈길을 끌고 있기는 하지만, 이러한 성범죄의 바탕에는 오랜 세월 동안 우리 사회가 묵인하고 방조한 일상적인 성차별주의가 놓여 있다.

성범죄 가해자가 평범한 직장 상사나 옆자리의 동료, 혹은 후배라면 어떻게 해야 할까? 친인척 사이에서 명망과 신뢰가 높은 사촌오빠 혹은 작은아버지라면? 평소에는 지극히 성실하고 모범적인 사회인이지만 회식자리 같은 특정한 장소에서 실수로 혹은 관습적으로 성추행을 해온 것이라면?

#기억 속의 장면 하나. 오래전 몇몇 문화예술인들과 저녁 식사 후 주점에 갔을 때의 일. 일행이 주문을 마치자 흰 와이셔츠에 스커트를 입은 여성이 테이블을 세팅한다. 일행 중 한 남성이 서빙 중인 여성의 허리와 엉덩이를 거침없이 주무른다. 알바생으로 보이는 화장기 없는 그 여성은 얼굴이 빨개지

면서 당황하여 어쩔 줄 모른다. 그 순간 그 남성의 행동을 저지하는 사람은 아무도 없다. 잠시 후 그 남성과 내가 언쟁을 벌인다. 회식자리에 어울리지 못하고 '여자답지 못하다'며 그가 시비를 걸어 왔기 때문이다.

서비스업에 종사하는 여성은 언제든 강제로 추행할 수 있고, 회식에 동석한 여성은 잠재적 노리갯감으로 간주되는 문화. '여자답다' 또는 '남자답다'라는 개념 속에 감추어진 성차별주의. 여성을 꽃이나 음식으로 비유하여 향기롭다, 싱싱하다 등으로 표현하는 언어 습관 등.

성범죄는 몇몇 괴물들에 의해 자행되는 특별한 사건이 아니다. 때로는 상식이나 관습, 문화라는 이름으로 불리며 사회 곳곳에 퍼져 있는 폐습이다. 극단적으로 말하면 성폭력의 역사에서 자유로운 사회인은 그리 많지 않을 것이다. 나 역시 주점에서 일하는 여성을 거듭 희롱하며 성추행하는 그 남성을 제지하지 못한 방관자였으니까.

미투 운동은 인권 운동이다. 지금 우리는 인권의 새로운 역사를 만들어가고 있다. 여성을 대상화해온 오랜 관습이 폐기되고 있는 것이다. 불평등의 한 시대가 끝나고 있다. (2018.3.15.)

이방인을 대하는
당신의 시선

트럼프 대통령이 결국 불법 입국한 부모와 미성년 자녀를 격리 수용하는 방침을 철회했다. 무엇보다도 미국 내의 비판 여론이 거셌기 때문이었다. 놀랍게도 몇몇 주지사들이 주(州) 방위군을 철수하거나 방위군 파견 요청을 거부했다. 또한 여당인 공화당뿐만 아니라 대통령의 부인과 딸까지 반대 여론에 가세했다. 한 미국인 부부는 페이스북을 통해 불법 이민자 가정 돕기 성금을 모금했는데, 단 사흘 만에 목표액의 3,000 배인 500만 달러 이상을 모았다. 하지만 그럼에도 불구하고 불법 이민자를 기소하고 처벌한다는 미 행정부의 무관용 정책은 기본적으로 달라진 게 없다.

사실 엄밀히 생각해보면 트럼프 대통령의 정책은 자국의 이익을 우선시한다는 점에서 당연한 조치라고 볼 수 있다. 대통령의 입장에서는 국경을 불법으로 침입한 범법자들을 기소·처벌하는 일이고, 무엇보다도 자신의 대선 공약을 실천하는 일이다. 그런데 문제는 이러한 그의 정책에 반대하는 '인도주의적인' 국민들이 미국 내에 너무 많다는 사실이다. 트럼프와 그의 정책을 지지하는 사람들, 그리고 대통령의 정책을 '비인도적'이라며 거부하고 반대하는 사람들. 어쩌면 이 두 그룹의 불협화음과 공존이야말로 오늘날 미국 사회를 지탱하는 강력한 힘과 저력이 아닐까 여겨진다.

일본의 경우도 자국으로 건너온 이방인들에게 그동안 단호하고 냉혹한 정책을 시행해왔다. 특히 지진 같은 국가 재난이 발생하면 그동안 숨죽이고 있던 외국인 혐오증이 수면 위로 떠올랐다. 잘 알려진 대로 1923년 간토 대지진 때 '조선인이 우물에 독을 풀었다'는 유언비어가 퍼져 재일조선인 학살 사건이 발생했다. 지난 2016년, 일본 서남부의 구마모토 지진 때에도 이와 똑같은 루머가 인터넷에 떠돌았다. 그리고 얼마 전 오사카에서 지진이 발생했을 때에도 '재일 외국인의 절도·강도에 주의'하라는 경고가 인터넷 상에 퍼졌다. 일본 사회에 뿌리 깊게 박힌 외국인 차별 의식과 혐오를 보여주는 사례들이다.

그렇다면 이방인을 대하는 우리 사회의 시선은 어떨까? 최근 논쟁이 가열되고 있는 제주도의 '예멘 난민 사태'는 낯선 문화권 출신의 이방인을 대하는 우리의 시선이 어떠한가를 질문하는 계기가 되고 있다. 난민은 더 나은 삶의 조건을 찾아 자발적으로 고국을 떠난 이주민 또는 이민자와는 다르다. 전쟁이나 박해, 테러로 인해 어쩔 수 없이 자국을 탈출한 사람들이다. 제주도의 예멘인들은 무사증 제도에 따라 제주도에 도착했고, 난민법에 따라서 난민 신청을 했다. 전 세계적으로 난민법 절차가 까다롭기로 유명한 우리나라의 법무부에서 국익과 국격을 잘 저울질해서 난민 심사를 진행할 것이다. 그러므로 단지 외모와 문화가 다르다는 이유로 이들을 잠재적 범죄자로 간주하거나 과도한 불안감에 휩싸일 이유는 없는 것이다.

일제강점기와 한국전쟁을 거치는 동안 우리나라는 각국에 수많은 난민을 내보낸 난민 송출국가였다. 그런데도 이후 오랜 세월 동안 단일 문화권에서 살아온 까닭에 낯선 이방인들에 대해서는 어쩔 수 없이 두려움의 정서를 갖게 되었다. 높은 경제성장률과는 달리 사회적 불평등에 따르는 박탈감도 난민에 대한 거부감을 부채질하고 있을 것이다.

제주도의 예멘인들은 그동안 우리가 미처 고려하지 못했던 난민 수용에 대해 논의와 토론의 장을 마련하는 계기를 제공하고 있다. 난민 수용을 둘러싼 갑론을박은 그 자체로 국제화와 다문화 시대를 살아가는 우리 사회가 한 번쯤 필연적으로 거쳐야 하는 과정이다. (2018.6.28.)

'신과 함께' 스토리텔링의
매력에 빠지다

거리에서 마주치는 커피 전문점 '스타벅스 커피'의 로고를 한 번이라도 '헬벅스 커피(HELLBUCKS COFFEE)'로 읽은 적이 있다면 당신은 『신과 함께』를 웹툰이나 만화로 감상한 적이 있을 것이다. 무심코 이용하는 구글 사이트가 '죽을(Joogle)'로 겹쳐 읽히고, '김밥 천국' 상호에서 '김밥 극락'을 연상했다면, 그리고 역사로 진입하는 지하철을 기다리며 초군문행 바리데기호를 떠올린 적이 있다면, 당신은 아마도 『신과 함께』 원작의 매력에 빠진 경험이 있을 것이다.

지난 2010년 네이버에 연재되기 시작하여 2012년에 완결된 웹툰 『신과 함께』는 저승편, 이승편, 신화편, 총 3부작으로 이루어졌다. 연재 후에 각 편이 만화책 단행본으로 출간되었고, 이후 웹소설, 뮤지컬, 모바일 게임 등으로 장르가 전환되었다. 특히 연달아 개봉한 동명의 두 영화는 한국 시리즈물 역사상 첫 '쌍천만 영화'로 각종 기록을 갱신했다. 전작 두 편의 흥행에 힘입어 신화편도 영화로 제작될 전망이라고 하니

〈신과 함께〉의 열풍은 앞으로도 계속될 듯하다. 바야흐로 국내 문화콘텐츠 산업의 지형도가 역사적인 전환점을 맞이하고 있다.

원작인 웹툰(원소스)에서 출발하여 다양한 장르 전환이 성공적으로 이루어졌고, 시간차에 따라서 창구(매체)가 확장되고 있으며, 앞으로도 캐릭터 상품 개발이나 테마 파크 건립 등으로 부가가치를 높일 수 있다는 점에서 『신과 함께』는 문화콘텐츠 산업에서 언급하는 '원소스 멀티유즈(OSMU)'의 대표적인 사례라고 할 수 있다.

『신과 함께』의 장르 전환이 성공적으로 이루어진 데에는 무엇보다도 원작 웹툰이 지닌 스토리텔링의 힘이 크다고 할 수 있다. 현재 네이버에 재연재되고 있는 웹툰을 감상하면서 놀랐던 건, 영화에서 생략된 것과는 달리, 우리의 전통 무속과 불교 문화가 정교하고도 폭넓게 다루어졌기 때문이었다. 전국의 사찰에 소장 중인 탱화와 지옥도가 출처와 함께 소개되고, 이를 바탕으로 작가의 상상력에 힘입어 드러난 도산지옥, 화탕지옥, 발설지옥 등의 묘사는 무척 인상적이었다.

저승편에 등장하는 염라대왕을 포함한 열 명의 저승시왕들, 이승편의 성주신, 조왕신, 측신 등의 가택신들, 그리고 신화편에 소개되는 대별왕과 소별왕을 포함한 신들의 기원과 계보들. 우리의 전통 신들이 대중으로부터 이렇게 뜨거운 관심을 받은 적이 있었던가, 뭉클한 감정이 들었다. '쌍천만' 영화의 흥행 이후 웹툰이냐 영화냐, 열혈 팬들 사이에서 공방이 오가기도 했다. 하지만 웹툰과 영화는 개별 장르이므로 각기 다른 미학적 가치와 원리에 의해 평가되어야 할 것이다.

영화 속의 현란한 CG 기술과 음향 효과, 친숙한 얼굴의 배우들이 선사하는 연기력은 웹툰이 도달할 수 없는 감각적인 즐거움과 몰입을 선사한다. 특히 〈신과 함께2〉는 원작에는 없는 저승 삼차사들 사이의 인연이라는 스토리텔링을 첨가하여 죄와 용서라는 주제를 효과적으로 풀어내고 있다. 하지만 원작에서의 풍자와 해학, 비판 정신을 영화에서는 찾아볼 수 없다는 점이 아쉽다. 원작에는 있고 영화에는 없는 것이 진기한 변호사나 술 접대로 과로사한 소시민 김자홍 캐릭터만은 아닌 것 같다.

문화콘텐츠의 핵심 동력은 스토리텔링의 힘에 있다고 할 수 있다. 벌써부터 영화 〈신과 함께3〉가 기다려진다. 원작의 상상력을 배반하고 뛰어넘을 스토리텔링을 감상하게 되었으면 좋겠다. (2018.11.22.)

사람이 하늘이 되는
세상을 꿈꾸다

TV드라마 〈녹두꽃〉은 1894년의 동학농민혁명을 정면으로 다루는 역사극이다. 그런데 주인공이 혁명 영웅 전봉준(최무성)이 아니라, 노비인 어머니에게서 태어나 '거시기'로 불리며 백성을 착취하며 살아가던 백이강(조정석)과 그의 이복동생 백이현(윤시윤)이다. 무지하거나 평범했던 인물들이 어떤 계기와 과정을 통해 혁명에 관여하게 되는지가 지금까지의 시청 포인트가 되고 있다.

동학이 표방했던 인내천(人乃天)은 그 자체로 왕조의 정치체계를 부정하는 혁명 사상이었다. 사람이 곧 하늘이라는 의미는, '모든' 사람의 마음에 한울님(하느님)이 존재한다는 평등사상이었다. 엄격한 신분 세습제를 기반으로 한 봉건 왕조에서 귀천에 상관없이 모든 백성이 고귀한 품성을 지녔다는 건, 나라의 근간을 뒤흔드는 불온한 사상이었다. 이미 처형된 교조 최제우에 이어서 현재 드라마에 등장하는 2대 교조 최시형이 종국에는 붙잡혀 참수되는 이유도 바로 혹세무민의

죄명 때문이었다.

백이강의 어머니, 유월이(서영희)의 대사는 당시의 하층민들이 동학을 어떻게 이해하고 있었는지 잘 보여준다. "낫 놓고 기역자도 몰라도, 그 동학이라는 것이 사람을 한울님 맨치로 중히 여기고 귀천도 따지질 않는다는 것"은 잘 알고 있는 것이다. 그녀가 새벽마다 정화수 떠놓고 비는 소원도 "우리 이강이 귀천 없는 시상서(세상에서) 사람같이 좀 살게 해 달라"는 것이다.

낫 놓고 기역자도 모른다는 유월이는 하지만 거시기가 자신의 이름을 되찾고 각성하는 과정에 큰 영향을 미친다. 이강이 과거의 행동을 반성하고 이방 직책을 물려주려는 아버지의 명령을 단호하게 거부할 수 있었던 것도, 삶의 방향성에 대해 끊임없이 조언하는 어머니가 있었기 때문이었다. 전봉준과의 운명적인 만남 이전에 이강은 이미 어머니가 소망하는 '인즉천'의 세상을 부지불식간에 받아들였던 것이다.

거상을 꿈꾸며 이문을 남기는 일에만 신경 쓰던 송자인(한예리)이 민란의 정보가 적힌 사발통문을 손에 쥐고 관아까지 갔다가 끝내 그 명단을 고발하지 못한 것도, 불평등한 현실에 대한 자각 때문이었다. 굶주리는 백성들이 넘쳐나는 고을을 지나 관아의 정문을 활짝 열어젖혔을 때, 풍악소리와 함께 눈앞에 펼쳐진 잔칫상과 화려한 가무의 향연은 그녀가 새로운 선택을 하는 계기를 가져다주었다.

일본 유학에서 돌아온 백이현(윤시윤)은 이 드라마에서 가장 입체적인 인물이 될 것으로 보인다. 그는 당시의 개화주의자들이 그랬듯이 신학문과 서양 문물을 숭앙하고, '문명'만이 조선을 구할 것이라고 굳게 믿는다. 그의 복합적인 성격은 아버지를 대하는 태도에서도 드러난다. 관아에 빌붙어 백성들을 수탈하며 사리사욕을 채우는 아버지를 끔찍하게 여겨온 그는 아버지가 위기에 처하자 죽을힘을 다해 구출한다.

얼핏 보면 〈녹두꽃〉의 인물들은 혁명의 소용돌이에 휩쓸려 전혀 예기치 않은 운명을 맞이하는 것처럼 보인다. 하지만 하나의 선택은 전혀 다른 삶의 길을 만나게 하고, 그것은 또다시 새로운 선택지와 길을 안내한다. 각 인물은 스스로의 운명을 주체적으로 선택하며 뜨거운 삶의 순간들을 살고 있다.

5월 11일은 동학농민혁명이 처음으로 국가기념일로 제정된 날이다. 1894년의 동학농민혁명은 이후 구한말의 의병 항쟁, 일제강점기의 3·1운동과 항일 무장 투쟁, 그리고 가깝게는 촛불시민혁명과 맥을 함께한다. 모든 사람이 자유롭고 평등하게 살 수 있는 세상, 사람이 곧 하늘이 되는 세상을 꿈꾸는 마음들이다. (2019.5.9.)

2019년 가을에 만난 〈82년생 김지영〉

조남주의 소설 『82년생 김지영』이 발간된 건 2016년 가을이었다. 출간 이후 3년여의 세월이 흘렀다. 공지영의 소설 『도가니』가 영화화 과정을 거치며 결국 장애인 인권법 개정을 이끌어냈던 것처럼, 〈82년생 김지영〉 역시 이번 영화 상영을 계기로 성평등 관련 법 제정에 관해 활발한 논의를 불러일으켰으면 한다.

문학적 역량을 풍부하게 보여준 두 편의 전작 장편소설이 없었더라면, 조남주 작가는 아마도 문학성 시비에 꽤나 시달렸을 법하다. 그만큼 소설 『82년생 김지영』은 전통적인 소설 문법을 따르지 않고 건조한 '팩트'에 입각하여 서사를 진행시킨다. 소설 본문에 통계청 자료를 비롯하여 수많은 신문 기사와 책 내용을 인용한 것이다. 르포 형식을 빌린 건 아마도 여성 현실에 대한 작가의 문제의식이 그만큼 절박했기 때문이었을 것이다. 이른바 문학성을 포기하고 '팩트'를 활용한 소설 쓰기 전략을 채택한 것이다.

이 소설에 관한 가장 인상적인 논평은 2017년 5월에 고 노회찬 의원이 남겼다. "82년생 김지영을 안아주십시오."라는 글귀와 함께 소설책을 문재인 대통령 부부에게 선물했다. 또한 그는 "이 책을 읽은 사람이 많아질수록 우리 사회도 좀 더 인간다운 사회가 되리라 확신한다. 강추!"라고 트위터에 남겼다.

2019년 가을에 만나는 영화, 〈82년생 김지영〉은 과연 어떤 모습일까? 3년 전에 소설은 이 시대의 평범한 30대 여성의 삶이 성차별이라는 폭력 구조 속에서 유지되어 왔다는 사실을 밝혔다. 우리가 오랫동안 관습과 예의범절이라는 이름으로 당연하게 받아들였던 일상이 사실은 여성을 비하하고 착취하는 시스템이었다는 걸 알린 것이다.

소설과 영화를 비교했을 때 가장 큰 변화를 보인 캐릭터는 단연 김지영의 남편 정대현이다. 소설에서와는 달리, 영화 속의 그는 아내의 고통을 이해하기 위해 적극적으로 애쓰며 노력한다. 재취업을 결심한 아내에게 "니가 좋으니까 나도 좋아"라고 말하고, '시터 이모'를 구하지 못한 아내를 위해 육아휴직을 결심한다. 무엇보다도 아내가 "나 때문에 아픈 거 같아서" 괴로워하며 자주 눈물을 흘리는 '울보' 남편이다.

가부장제의 혜택을 듬뿍 받고 자란 김지영의 남동생 역시 여성이 분노를 터트려야 할 대상이 아니다. 자신이 받는 무조건적인 혜택에 대해 단 한 번도 의심해보지 않았을지언정, 그는 선량하고 '평범한' 남동생이다. 평범한 인물이라는 점에서는 아버지 역시 마찬가지다. 보약 살 때는 아들 것만 챙기고, 치한에게 당할 뻔한 딸자식에게 오히려 옷차림을 단정히 하라고 핀잔을 주는, 너무나 '평범한' 가부장제의 아버지이다.

그러므로 영화는 이 시대의 평범한 아버지와 남편과 남동생들도 곤경에 처해 있다는 사실을 알려준다. 전혀 의도하거나 계획하지 않았는데 자신도 모르게 가족의 인생을 망가뜨린 가해자가 되어버린 것이다. 평범한 남성들의 내적 갈등과 각성 과정도 함께 보여줌으로써 영화는 '출구 전략' 면에서 소설보다 더 유연한 입장을 취한다. 소설 속 김지영이 여전히 출구가 보이지 않는 일상을 살아가는 반면, 영화 속 그녀는 역경을 딛고 마침내 작가의 길로 들어선다.

김지영이 비범한 소설을 쓰기 시작한다는 영화의 결말은 물론 판타지적 요소이다. 아쉬운 부분이라고도 할 수 있다. 하지만 영화가 전하려는 메시지는 단순하고 명쾌해 보인다. 우리가 미로를 벗어나 출구를 찾기 위해서는 갈등과 대결이 아니라, 이해와 협조를 기반으로 한 공존 전략이 필요하다는 것이다. (2019.11.7.)

사랑과 평화의 불시착

"윤세리 혼자 남한으로 온대요." 얼마 전 만난 지인이 진지한 얼굴로 말했을 때 순간 당황했다. 윤세리가 누구지? 중요한 최신 뉴스를 놓쳤나 싶어 머릿속을 뒤졌지만 퍼뜩 떠오르는 게 없었다. 몇 번의 대화가 오간 후에야 드라마 속 바로 그 윤세리라는 걸 알았다. 같은 드라마를 시청하면서도 여성은 리정혁(현빈)에게, 남성은 윤세리(손예진)에게 더 몰입한다는 사실도 알게 됐다.

주말드라마 〈사랑의 불시착〉은 패러글라이딩 사고로 북한 땅에 착륙한 남한의 재벌 상속녀 윤세리와 그녀를 도와준 북한군 장교 리정혁이 서로 사랑에 빠지는 이야기이다. 이번 드라마 역시 박지은 작가의 전작 〈별에서 온 그대〉, 〈푸른 바다의 전설〉과 비슷한 분위기의 판타지 로맨스이다.

화제성과 시청률 면에서 〈사랑의 불시착〉이 성공을 거두고 있는 이유 중 하나는 바로 낯선 땅, 북한에 대한 풍물지적 호기심 때문일 것이다. 세계 방방곡곡을 거침없이 누비는 대한민국의 여행객들이 여전히 접근할 수 없는 금지된 땅이 바로 북한이다. 그곳의 평범한 이들은 과연 어떤 일상을 사는지, 자녀 교육, 출세욕, 내조와 외조의 방식, 언어 습관 등은 어떤지 궁금한 것이다.

드라마 속 군관 사택마을 주민들의 일상은 익숙하면서도 낯설고, 친근하면서도 이질적이다. 따뜻하고 인간미 넘치는 동네사람들, 높은 자녀 교육열, 남편 계급에 따라 결정되는 기혼여성들의 서열, 상관에 대한 무조건적 복종과 충성, 뇌물이면 대체로 뭐든 통하는 사회의 이면까지, 어찌 보면 1970년대나 1980년대 우리네 마을 공동체의 분위기를 연상시킨다.

특히 흥미로운 건 (현빈의 자연스러운 대사와 함께) 외래어가 섞이지 않은 북한말을 접할 수 있다는 점이다. 살까기(다이어트)라니! 이 얼마나 재치 있는 단어인가. 그 밖에도 막대기커피(믹스커피), 살결물(스킨), 잊음증(건망증), 빗물닦개(와이퍼), 가락지빵(도넛) 등은 곱씹을수록 재미있고 그럴듯한 낱말들이다.

하지만 무려 10년이나 되는 군 복무 기간, 예고 없이 들이닥치는 숙박 검열, 공공연히 자행되는 '귀때기'(도청자)의 활약, 출신 성분에 따른 세습적 신분제도, 언제든 '선선한 데'(수용소)에 갇힐 수 있다는 공포 등은 북한이 고도로 통제된 전체주의 사회라는 사실을 여실히 보여준다. 장마당의 굶주린 아이들과 '꽃제비'들의 실상도 북한 체제를 보다 객관적이고 냉정하게 평가할 수 있게 해준다. 그러니 이 드라마를 향한

'북한 미화' 운운은 터무니없는 논란이고 우려이다. 판타지 로맨스 드라마와 현실을 구분하지 못할 정도로 대한민국 시청자들이 어리숙한 건 아니다.

황석영 소설가의 북한 방문기 『사람이 살고 있었네』가 출간된 건 1993년 가을이었다. 이보다 앞서 1989년에 작가는 북한 문학단체의 초청으로 도쿄, 베이징을 거쳐 북한을 방문했다. 책 출간 당시 그는 국가보안법 위반으로 구치소에 수감 중이었다. 책 속에서 작가가 밝힌 방북 동기는 '시대적 사명감'이었다. 통일을 염원하는 '분단 작가'로서 북한의 풍속과 분위기를 대중에게 알리고자 했던 것이다.

『사람이 살고 있었네』에 묘사된 북한의 아파트, 백화점과 식당, 호텔 전망대 등은 드라마 〈사랑의 불시착〉의 내용과 비슷한 부분이 많다. 30여 년의 시대 차가 무색할 정도이다. 드라마에서 옷을 보관하는 엉뚱한 용도로 사용된 냉장고가 책에서는 '배사이다, 오미자물, 룡성맥주' 등이 들어 있었다고 회고되기도 한다. 책과 드라마를 비교하며 감상하는 재미가 쏠쏠하다. 오랫동안 금기의 대명사였던 북한이 지금은 미개척 문화콘텐츠 분야의 새로운 시장으로 주목받고 있다.
(2020.1.31.)

사람은 무엇으로
사는 가

아무런 정보 없이 첫 회 드라마를 시청한 건 배우 효과 때문이었다. 김희애가 출연한다면 뭔가 다르지 않을까 하는 기대감. 영화 〈허스토리〉와 〈윤희에게〉 모두 최근에 김희애가 선택한 작품들이었고, 오래전에 방영된 불륜 드라마 〈밀회〉에서도 그녀는 상류 계층의 위선을 까발리며 여배우로서의 존재감을 여지없이 각인시켰다.

TV드라마 〈부부의 세계〉는 19금 치정극에 심리 스릴러를 버무려 빠른 속도로 휘몰아치며 서사를 전개시켰다. 무엇보다도 인간 존재의 욕망과 복잡성을 거침없이 보여주는 방식이 안방 드라마로서는 새로웠다. 그런데 소위 '맞바람' 장면을 보면서 한국의 대중 정서를 너무 앞지르는 게 아닌가 하는 염려가 생겼다.

그제야 검색해 보니 영국 BBC 드라마 〈닥터 포스터〉가 원작이었다. 원작자인 마이크 바틀렛은 그리스 비극 『메데이아』에서 영감을 받아 글을 썼단다. 이미 연극으로 무대에 올린 바 있고, 각색된 TV드라마는 영국인들의 폭발적인 반응을 얻었다. 2015년 5회(시즌 1)에 이어서 2017년에 5회(시즌 2)가 방영되었고, 시즌 3 방영까지 앞두고 있다.

지금까지 전개된 〈부부의 세계〉는 원작 드라마를 충실히 따르고 있다. 립글로스에 이어서 머리칼 한 올이 계기가 되어 남편의 불륜이 밝혀지고, 치밀한 계획하에 도시에서 내쫓았던 남편은 뜻밖에도 성공해서 화려하게 컴백했다. 더구나 불륜의 대상과 결혼해서 아이를 낳고 단란한 가정을 꾸려서 이번에는 역으로 여주인공의 삶을 위협하는 반격에 나서고 있다.

자신이 몸담고 살아온 세계가 모두 가짜였다는 깨달음은 여주인공을 가격한 일생일대의 치명타였다. 왜 안 그러겠는 가. 친구를 포함한 주변 이웃 모두가 자신을 속였다는 사실은 엄청난 충격과 공포와 허무로 다가왔을 것이다.

세계의 거짓에 눈뜬 여성은 어떤 방식으로 '이후의 세계'를 살아내는가. 그동안 비슷한 상황에 처한 한국 드라마의 수많은 '여주'들은 시청자의 보호 본능을 자극해서 동정심을 이끌어냈다. 하지만 〈부부의 세계〉의 지선우는 오히려 시청자를 설득하며 당당하게 행위를 주도하고 있다. 여주인공의 분노 자체에 집중한 영국의 원작과는 달리, 인간관계의 복잡성을 집요하게 보여주는 연출도 인상적이다.

또 다른 관전 포인트는 선과 악으로 뚜렷이 구분되지 않는 입체적 인물들이다. 주인공인 지선우조차 복수를 위해서 의사로서의 윤리 의식을 잠시나마 팽개친다. 데이트 폭력에 시달리며 아르바이트를 전전하는 젊은 여성 민현서(심은우)는 지선우가 위기에 처할 때마다 구원의 손길을 내민다. 지선우의 친구이자 동료 의사인 설명숙(채국희)의 교활한 이중성은 현실 속 누군가의 모습을 떠올리게 한다. 그런데 입체적 인물의 정점을 찍는 이는 바로 다름 아닌 지선우의 남편 이태오(박해준)이다. 아내와 애인 모두를 사랑한다고 고백한 바 있는 그는 전처를 향한 애증을 거둬들이지 못하고 그녀의 동료 의사 김윤기(이무생)에게 폭발적인 질투심을 느낀다.

목적을 달성하기 위해 수단을 정당화하는 건 주인공들의 공통된 특징인 듯하다. 인물들 중에서 유일하게 선의와 선량함을 보여주는 김윤기가 오히려 비현실적으로 여겨지는 이유이다. 그런데 욕망과 악다구니가 들끓는 이 정염의 드라마를 시청한 후에는 이상하게도 단순명료한 질문 하나가 떠오른다. '사람은 무엇으로 사는가.'

톨스토이는 같은 제목의 단편소설에서 주인공의 입을 빌려 이렇게 대답한 바 있다. "사람은 누구나 자신에 대한 걱정과 보살핌으로 사는 것이 아니라 (다른) 사람의 마음에 있는 사랑으로 사는 것입니다." 사랑이 떠난 이후의 세계를 살아가는 여주인공 지선우의 선택들이 자못 궁금하다. (2020.4.23.)

삶을 위로하고
추억을 부르는 노래들

대중가요는 살아 있는 생명체처럼 생장과 소멸을 겪는다. 한 시기를 휩쓸고 풍미했던 양식이 다음 시대에는 맥없이 사라지기도 하고, 이즈음의 트로트처럼, 한동안 주류에서 밀려나 있던 장르가 어느 순간 화려하게 부활하여 대중문화의 중심에 서기도 한다. 주로 중장년과 노년층에게 인기 있었던 트로트가 바야흐로 전 세대를 아우르며 대중의 관심을 받고 있다.

어떤 노래는 들을 때 원작자를 떠올리기보다는 예전에 그 곡을 자주 불렀던 누군가를 추억하도록 만든다. 〈내일은 미스터트롯〉 프로그램 결승전에서 임영웅이 〈배신자〉를 부른 것이나 정동원이 〈누가 울어〉를 선곡한 건, 그 곡이 각각 돌아가신 아버지와 할아버지가 생전에 자주 불렀던 애창곡이었기 때문이었다. 지금은 곁에 없고 심지어 이 지상에 존재하지도 않지만 노래 한 곡이 시간과 공간을 넘어 아버지와 아들, 할아버지와 손자의 정을 끈끈하고 애틋하게 이어주는 역할을 한 것이다.

내 기억 속의 첫 번째 트로트는 일제강점기에 고복수가 불렀던 〈짝사랑〉이다. "아~ 아~ 으악새 슬피 우니 가을인가요. 지나친 그 세월이 나를 울립니다. 여울에 아롱 젖은 이즈러진 조각달. 강물도 출렁 출렁 목이 멥니다." 어린 시절에 아버지가 약주를 드실 때마다 부르던 노래였는데, 최근까지도 제목이 '으악새'인 줄 알았을 정도로 첫 소절의 인상이 강렬하다.

담장 안에 널찍한 마당과 화단과 텃밭이 있는 단독주택에 살던 시절이었다. 밤중에 소음 때문에 깨어나 안방 문을 열어보면 아버지가 직장 동료 서너 분과 방 안에 서서 아코디언 가락에 맞춰 노래를 부르고 있었다. 아버지의 레퍼토리는 항상 똑같았다. "아~ 아~ 으악새 슬피 우니 가을인가요." 왼손과 오른손이 버튼과 건반 위를 바삐 오가며 주름상자를 오므렸다 폈다 하며 아코디언을 연주하는 분은 아버지의 동료이자 내 친구의 아버지였다. 평소에는 조용하고 말이 없던 분들의 놀라운 변신을 보고 경이감에 사로잡혔던 기억이 난다.

그 시절 아버지들이 불렀던 노래는 한결같이 구슬프고 애절한 트로트 곡들이었다. "운다고 옛 사랑이 오리오마는 눈물로 달래 보는 구슬픈 이 밤." "사공의 뱃노래 가물거리면 삼학도 파도 깊이 스며드는데." 남인수의 〈애수의 소야곡〉과 이난영의 〈목포의 눈물〉도 안방에서 자주 들려오던 노래였다. 지금 생각하면 서른 중반의 젊은 아버지들이 어찌하여 일제강점기의 이별 노래에 그토록 감정이입을 했나 싶기도 하다. 아마도 그 시절 아버지들의 청춘을 위로한 게 트로트의 애상과 정한(情恨)이었던 것 같다.

한바탕 노래와 연주가 끝나면 아버지는 간혹 건넌방에서 자고 있는 아이들을 깨워서 노래를 시키기도 했다. 그럴 때마다 두둑한 용돈을 받을 수 있어서 한밤중의 난데없는 즉석 공연을 그리 싫어하지 않았던 것 같다. 이후 중학교를 졸업할 때까지 부모님과 나란히 아랫목에 앉아서 TV 프로그램을 시청했고, 덕분에 1960년대와 1970년대의 주옥같은 명곡들을 놓치지 않고 감상할 수 있었다. 이미자와 문주란, 남진과 나훈아, 조미미와 하춘하의 노래는 사랑과 이별에 관한 감수성을 훈련하기에 맞춤이었다. 즉 사랑은 '눈물의 씨앗'이긴 하지만, 때때로 '반딧불 초가집도 님과 함께면' '나는 좋아 나는 좋아' 외칠 수 있는 변화무쌍한 특성을 지녔다는 걸 알게 되었다.

근현대사를 굽이굽이 통과하는 동안 트로트는 평범한 한국인들의 애환과 정서를 대변하는 가요가 되었다. 흥겹고 애달프고 구성진 가락과 노랫말 속에 여러 세대를 거치며 면면히 이어져온 공동체 정서가 녹아 있다. 트로트를 들으며 코로나19에 지친 마음을 달래고 위로받는 한 시절이다.
(2020.10.15.)

4부
역사의 상처와 치유

"예술은, 그리고 문학은,
과연 역사의 상처를 치유할 수 있을까?"

봄이 온다, 꽃이 핀다

　2018년 4월, 평양에서 열린 예술단 공연에서 윤도현 밴드가 불렀던 〈1178〉은 다음과 같은 노랫말로 시작된다. "처음에 우리는 하나였어/똑같은 노래를 부르고 춤추고/똑같은 하늘 아래 기도했었지." 윤도현 특유의 허스키한 목소리가 물기를 품은 듯 나지막하고 서정적으로 시작되는 노래는, 곧이어 세 번이나 반복되는 다음의 후렴구에서 정서적 폭발력을 드러낸다. "사랑도 또 미움도 이제는 우리 둘만의 손으로 만들어/아픔도 그리움도 이제는 우리 둘의 가슴으로 느껴."

　누구든 잘 알고 있을 것이다. 각국의 이해관계가 복잡하게 얽힌 한반도 정세를 떠올려 보면, '우리 둘만의' 힘으로 '우리만의 자유를' 만들자는 이 노래의 바람이 터무니없이 순박하고 비현실적이라는 사실을. 방북 예술단 공연에서 무대 위의 가수들과 객석의 북한 주민들이 그 순간 진심을 담아 다함께 〈우리의 소원〉을 합창했다 해도, 현실적으로 통일의 길은 멀고도 요원하다.

당장 미국의 강경파 정치인들은 현재 북한이 추진하는 일련의 협상이 대륙간탄도미사일 개발을 위한 시간벌기가 되지 않을까 우려하고 있다. 국내 전문가들 역시 파격적인 행보를 보이는 김정은 위원장의 의도가 정상회담에서 유리하게 판세를 이끌어가려는 계산이라고 분석하고 있다. 지난 수십 년간의 북한의 태도를 돌이켜보면 이런 예측과 우려에 일리가 있다.

그런데도 예술단 공연에서 남북이 서로 손을 맞잡고 통일 노래를 합창하는 장면은 가슴을 뭉클하게 한다. 노래를 들으며 머리 위로 양손을 흔들며 화답하는 북한 주민들의 모습 역시 마음을 찡하게 한다. 오랫동안 잊고 있었던 어떤 느낌, 가슴 깊숙이 파묻혀서 거기 존재한다는 사실조차 알지 못했던 어떤 감성이 되살아나는 듯하다. 첫 번째 공연이 끝난 후 레드벨벳의 아이린이 이렇게 말했다. "끝날 때 들어가고 나서도 계속 박수를 쳐 주셔서 마음이 조금 이상했어요." 그 묘하게 이상한 마음, 간질거리면서도 저릿하고, 찡하다가도 한순간 뭉클 솟구치는 마음을 뭐라고 불러야 할까.

분단 문학을 대표하는 이호철 소설가는 생전에 '통일'이라는 낱말 자체가 너무 무겁다고 얘기한 적이 있다. 인민군으로 징집되었다가 풀려난 뒤 월남했던 작가는 분단의 아픈 역사를 온몸에 새긴 분이었다. 그런 그가 정치적 통일 같은 의제는 일단 내려놓고, 우선 남북한 사람들이 자주 오가는 게 중요하다고 강조했다. 면회소 같은 걸 설치하고, 편지 왕래를 하고, 사람들이 각자 일하는 분야에서 서로 교류하다 보면, 굳이 통일을 외치지 않아도, 물이 차오르듯 자연스럽게 하나의 접점으로 향하게 된다는 것이다. 그가 '한살림 통일'이라고 불렀던, 민간 교류에서부터 시작되는 자연스러운 통일 과정이다.

이명박, 박근혜 정부를 거친 지난 10여 년 동안 민간 교류는 얼어붙었고 개성공단은 폐쇄되었다. 북한 역시 연달아 핵실험을 벌이고 대륙간탄도미사일 시험 발사를 감행했다. '4월 전쟁설'이 소문으로 떠돌던 때가 바로 엊그제이다. 남북 지도자 간의 파격적인 정치적 돌파구가 없었다면, 아마도 우리는 더 오랫동안 정치적, 군사적 긴장 속에서 가슴 졸이며 살았을 것이다.

이번 평양 공연을 계기로 그동안 막혔던 민간 교류와 협력 사업이 다시 시작되기를 바란다. 이산가족 상봉이 다시 이루어지고, 더 많은 예술인들이 남북을 오가며 공연이나 행사를 했으면 좋겠다. 윤도현의 노랫말처럼 남북은 원래 하나였고, 정서적인 공동체였다. 한반도에 평화를! (2018.4.5.)

역사적인 하루

많은 이들은 오랫동안 오늘을 기억할 것이다. 당신과 내가 어디에서 이 하루를 맞이하든지 간에, 우리의 소망은 엇비슷할 것이다. '2018년 남북 정상회담'이 희망의 신호탄이 되어 이 땅에 평화체제가 정착하기를 간절히 바란다.

"남북관계는 유리그릇 다루듯이 하라." 문재인 대통령이 당부한 이 말을 조간신문에서 읽었던 게 지난달 10일경이었다. 바로 전날, 백악관 발표를 통해 획기적인 첫 북미 정상회담 소식이 전해졌고, 이 모든 시나리오의 주선자가 북한과 미국을 연달아 방문한 대통령 특별사절단이라는 보도가 나온 날이었다. 대통령의 이 당부는 대북특사단의 방북 보고를 받은 직후, 그러니까 김정은 위원장의 북미 정상회담 메시지가 도착한 직후에 전해졌다. 그리고 백악관 발표가 있던 당일에 다시 언급되었다. "불면 날아갈까 쥐면 부서질까 하는 심정"이라는 청와대 관계자의 설명이 이어졌다. 역사적인 낭보를 전하면서도 되레 자중하고 조심할 것을 거듭 당부한 것이다.

기적처럼 찾아온 소중한 기회를 신중하게 다루어야 한다는 의미였다. 고개가 깊숙이 끄덕여졌다.

대부분의 전후(戰後) 세대가 그러하듯이 나 역시 통일, 민족, 겨레 같은 단어는 물론이고, 전쟁의 상흔이나 분단의 비극 같은 역사적 현실도 추상적으로 다가올 때가 많다. 또한 이 모든 역사적 의제들을 문자나 영상으로 간접 학습하는 까닭에, 책을 덮거나 화면에서 멀어지면 그것들은 곧바로 일상의 번잡과 소란 속에 묻혀버리곤 한다. 그래서 어쩌면 우리에게는 부단한 학습 과정이 필요한 건지도 모른다. 스스로 터득한 다양한 방식의 학습을 통해 사유의 힘을 길러야 하는 것이다.

나의 경우, 영상 매체보다는 문자로, 특히 소설을 통해 분단과 통일 문제를 접하게 된다. 이호철의 놀라운 데뷔작 「탈향」(1955)은 실향민 청년들이 겪은 비극과 좌절을 생생하게 느끼게 했고, 또 다른 단편 「판문점」(1961)은 판문점으로 상징되는 분단 현실을 '별반 아프지 않은 부스럼'으로 간주한 채 살아가는 나 자신의 삶의 방식을 되돌아보게 했다.

이응준의 『국가의 사생활』과 권리의 『왼손잡이 미스터리』는 박근혜 전 대통령이 2014년에 뜬금없이 선언한 이른바 '통일 대박론'을 떠올리게 했다. 남북 간의 점진적인 통합이나 화합의 과정 없이 남한에 의한 북한의 흡수통일이 갑작스럽게 이루어질 경우 어떤 비극이 일어날 수 있는지, 북한의 붕괴를 가정한 '통일 대박론'이 얼마나 위험하고 무모한 발상일 수 있는지, 이 두 소설은 여설적으로 보여주고 있다.

정도상의 연작소설 『찔레꽃』은 국경을 넘어 유랑하는 사람들을 '탈북자'로 만들어 한국으로 입국시키고 돈을 버는 파렴치한 행위의 실상을 알려주었다. 겉으로는 북한의 인권을 문제삼지만 실상은 인신매매와 기획 입국으로 돈을 벌고 이를 정치적으로 악용하는 무리들이 있다. 소설 속 주인공들이 그러하듯이 북한을 탈출한 새터민들은 목숨을 걸고 도착한 남한 사회에서 '2등 국민'으로 살아간다. 이들이 처한 현실은, 분단체제를 허물고 항구적인 평화체제를 이루기 위해서는 민간 차원에서 어떤 사항들이 선행되어야 하는지를 시사한다. 남북은 서로의 상이한 체제를 인정하고, 그러한 인식을 전제로 점진적인 교류를 통해 이질성을 극복해야 하는 것이다.

오늘 전 세계의 이목이 판문점으로 한반도로 집중되었다. 이제 평화정착을 위한 첫발을 떼었다. 기적처럼 다가온 소중한 첫걸음이 부디 알찬 결실을 맺기를 바란다. (2018.4.26.)

역사의 상처와 치유

지난달에 제주도에서 '4·3 문학 세미나'가 열렸다. 한국작가회의가 4·3항쟁 70주년을 기념하여 제주도에서 개최한 행사 중 하나였다. 그 전날에 부산 작가 30여 명이 비행기를 타고 제주도로 날아갔다. 다음 날 아침, 일행은 '제주 4·3 평화기념관'을 둘러보았고 오후에 세미나에 참석했다.

세미나는 크게 세 부분으로 진행되었다. 4·3항쟁을 끈질기게 소설로 형상화해온 한림화 소설가의 강연, 항쟁의 진압을 제노사이드(대량학살) 행위로 분석한 연구자의 발표, 그리고 4·3항쟁을 배경으로 한 현기영과 김원일의 소설을 논의하는 순서가 이어졌다.

그런데 세미나에 참석하는 동안 머릿속에서 줄곧 '광주'가 떠올랐다. 제노사이드라는 단어 때문이었다. 4·3 평화 기념관에서 다음의 글귀를 봤을 때도 그랬다. "바다로 둘러싸여 고립된 섬 제주도는 거대한 감옥이자 학살터였다." 1980년의 광주도 그랬다. 육지에서 고립의 시간을 보냈던 광주의 열흘 역시 거대한 감옥이자 학살터였다.

국가권력이 민간인 집단에게 자행한 제노사이드라는 점에서 4·3항쟁과 5·18민주화운동은 각각의 특이성을 넘어서 보편성을 공유한다. 한국전쟁 전후로 발생한 여타의 제노사이드 역시 마찬가지이다. '4·3폭동'으로 불렸던 제주도에 진압군으로 투입되기를 거부한 군인들의 명령불복종 사건이 계기가 되어 발생한 여수·순천 사건이나 수많은 민간인들을 '빨갱이'로 낙인찍어 학살한 국민보도연맹 사건이 대표적이라고 할 수 있다. 5·18민주화운동을 다룬 단편소설「봄날」(1985년)을 발표한 이래로 임철우 소설가가 광주항쟁과 한국전쟁의 비극을 끊임없이 연결시켜온 것도 바로 이런 이유였을 것이다.

범죄가 '법적' 질서 내에서 일어났고 행정적 명령체계에 의해 하달되고 집행되었다는 점에서 이러한 제노사이드는 세계사의 가장 큰 비극 중 하나인 홀로코스트를 떠올리게 한다. 1995년에 동인문학상을 수상한 정찬의 중편소설「슬픔의 노래」가 주목한 것도 바로 이 지점이었다. 5월의 광주를 아우슈비츠와 연결시킨 이 소설은 작가 특유의 관념적이고 철학적인 문제의식 속에서 폴란드와 한반도, 아우슈비츠와 광주의 비극을 병치시킨다.

그렇다면 제노사이드 행위를 정당화한 동기는 무엇이었을까? 발포 명령 이후 실제로 거리에서 군인들이 시민들을 향해 총구를 겨누기까지 숱하게 거쳤을 명령체계가 막힘없이 진행되었던 이유, 한강 소설가가 『소년이 온다』에서 의문을 품었던, 죄의식도 망설임도 없는 "특별하게 잔인한 군인들"이 존재했던 이유는 무엇이었을까?

제주도의 4·3 문학 세미나에 참석한 강성현 교수에 의하면, 죽여도 되는 또는 죽여야 하는 '적 창출'의 핵심은 바로 비인간화 작업이다. 학살의 대상이 적이면서 동시에 인간 이하의 존재로 믿게 만든다는 것이다. 4·3항쟁과 5·18민주화운동에서 학살을 정당화한 주된 인식은 시민들이 좌익 폭도 즉 '빨갱이'라는 논리였다. 전두환 정권이 5월의 광주에 북한군이 투입됐다고 주장했던 이유도 바로 이것 때문이었다.

예술은, 그리고 문학은, 과연 역사의 상처를 치유할 수 있을까? 진실이 아직 드러나지 않았는데 예술은 관념적이고 정신적인 차원에서 개인의 영혼을 구원할 수 있을 것인가.

역사의 상처를 치유하는 첫 번째 단계는 진실 규명이다. 그런 의미에서 본다면 국가 폭력에 대한 예술의 응전은 가능할지 몰라도, 진실이 밝혀지지 않은 상황에서 예술이 서둘러 노래하는 화해와 치유는 한낱 공허한 메아리가 될 것이다.

(2018.5.17.)

전쟁과 부끄러움

인간이 느끼는 부끄러움은 타인을 필요로 한다. 타인이 출현함으로써 인간은 타인에 의해 드러난 자기 자신에 대해 부끄러움을 느끼는 것이다. 사르트르가 『존재와 무』에서 밝혔듯이 "부끄러움은… 누군가 앞에서의 부끄러움"이다. 사르트르가 말하는 '누군가'는 나를 바라보는 타자의 시선이다. 인간은 타자의 시선 하에서 대상이 된 자기 자신을 부끄러워하는 것이다.

부끄러움에 관한 사르트르의 사유는 그의 전쟁 체험과 관련이 있다. 그는 제2차 세계대전에 참전하여 독일군에게 포로로 잡혀 수용소 생활을 했다가 풀려난 경험이 있다. 또 다른 글에서 사르트르는 포로가 되어 경험한 부끄러움에 대해 쓴 적이 있다. 그에 의하면 당시에 포로들은 조국인 프랑스 앞에서 부끄러움을 느꼈고, 프랑스 역시 세계 앞에서 부끄러움을 느꼈다.

부끄러움에 여러 층위가 존재한다는 걸 알려준 건 아우슈비츠의 생존자이자 작가인 프리모 레비였다. 그의 글들에는 부끄러움이라는 감정이 인간성과 서로 떼려야 뗄 수 없는 관계라는 게 드러나 있다. 수용소에서 살아남기 위해서는 간수의 명령에 따르는 등 나치에 대한 일정한 협조가 필요하다. 또한 부족한 물이나 식량을 내가 차지한다는 건 그만큼 다른 누군가의 양이 줄어든다는 것을 의미한다. 즉 살아남은 자는 자신이 누군가의 희생으로 인해 살아남았다는 부끄러움에 휩싸이게 되는 것이다.

아우슈비츠 수용소에서 풀려나 집으로 돌아가기까지의 여정을 그린 프리모 레비의 『휴전』은 수용소에서 생활하던 그가 죽은 동료의 시신을 처리하던 중에 해방군이었던 러시아 정찰대와 맞닥뜨리는 장면으로 시작된다. 레비 일행을 발견한 네 명의 젊은 러시아 군인들은 사방에 널려 있는 송장들과 파괴된 막사들, 몇 명 남지 않은 생존자들을 본 후 당혹감에 사로잡혀 어쩔 줄 몰라 한다. 레비는 군인들의 당혹감에서 그들의 부끄러움을 감지했다. 타인들이 저지른 잘못 앞에서 느끼는 부끄러움, 그런 잘못이 존재한다는 것과 그런 세상 속에서 자신이 살고 있다는 것에 대한 부끄러움, 즉 '인간이라는 사실에 대한 부끄러움'이었다.

부끄러움은 종종 죄의식을 수반한다. 한국전쟁의 참상을 다룬 이창래의 소설 『생존자』는 전쟁의 참혹함을 경험한 사람들이 생존하는 과정에서 맞닥뜨리는 부끄러움과 죄의식 문제를 다루고 있다. 전쟁 중에 부모와 형제와 가까운 이들을 비극적으로 잃어버린 소설의 주인공들은 '생존자 죄의식'에 시달린다. 즉 이들은 가까운 사람의 죽음이나 희생 때문에 자신이 살아남았고, 자신이 다르게 행동했더라면 불행이 일어나지 않았을지도 모른다는 죄의식을 갖는다.

한 인터뷰에서 이창래 작가는 이 소설의 몇몇 장면이 한국전쟁 당시 피난길에서 남동생을 잃어버린 아버지의 경험에서 비롯되었다고 밝힌 바 있다. 그러하기에 세 살 때 한국을 떠나 미국으로 이주한 작가는 과거의 전쟁이 현재 자신의 삶과 무관하지 않으며, "한국전쟁이 아니었으면 내가 지금 여기 있지 않았을 것"이라고 말한다. 또한 작가는 "지금 내가 누리고 있고 갖고 있는 것을 의식한다는 것은 내가 얼마나 운이 좋은가가 아니라 내가 얼마나 죄스러운가를 생각하는 것"이라고 덧붙인다.

지금 우리가 누리는 많은 것들은 앞서 살았던 누군가의 희생과 헌신 위에서 이루어진 것이다. '호국영령'이라는 단어 속에는 전쟁 속에서 개인들이 치러야 했던 엄청난 비극의 무게가 담겨 있다. 다음 주의 북미 정상회담과 한반도의 종전선언에 대해 기대감을 갖는 이유 중 하나도 해마다 6월이면 되새겨지는 전쟁의 참혹한 실상 때문이다. (2018.6.7.)

타인의 고통에
다가서기

타인의 고통을 온전히 이해하는 건 불가능하다. 작가로서 타인의 고통에 대해 글을 쓰는 작업 역시 그러하다. 자신이 직접 겪은 경험이 아닌 바에야 글쓰기는 자료와 증언을 바탕으로 상상력에 의존할 수밖에 없다. 타인의 고통을 언어로 형상화하기. 작가는 이 불가능한 작업 앞에서 한없는 망설임과 두려움을 갖는다.

"내 소설적 상상력이 피해자들이 실제로 겪은 일들을 왜곡하거나 과장할까 봐, 피해자들의 인권에 손상을 입힐까 봐 조심스럽고, 또 조심스러웠다."

일본군 '위안부' 피해자 할머니가 주인공인 소설 『한 명』을 발간했을 때 김숨 소설가는 책에 수록된 '작가의 말'에서 이렇게 토로했다. 그리고 책의 말미에 무려 316개의 미주를 달았다. 소설 속 대화뿐만 아니라 지문에 대해서도 글쓰기의 근거가 제시되었다. 생존자 할머니들의 증언록과 방송 인터뷰와 신문 기사 등이었다. 역사서도 논문도 아닌 허구의 이야기에 붙여진 수많은 참고 자료들은 "조심스럽고, 또 조심스러 웠다"는 작가의 망설임과 고뇌의 깊이를 짐작하게 한다.

할머니들이 겪은 참혹한 고통 앞에서 작가가 느꼈을 형용 불가능성에 대한 절망, 그러나 마침내 문학 언어로 돌파구를 찾은 김숨 작가는 최근에 다시 『흐르는 편지』를 발간했다. 이번에도 일본군 '위안부' 피해자가 주인공인 장편소설이다. 피해자 할머니가 단 한 분만 생존해 계신다는 가정하에 3인칭 시점으로 쓰인 『한 명』과는 달리, 이번 소설은 만주 위안소에서 살아가는 열다섯 살 소녀의 일상이 1인칭 시점으로 묘사된다.

주인공이 3인칭에서 1인칭으로 바뀐다는 건 작가에게 어떤 의미인가. 또한 위안소에서 살아남아 먼 훗날 그곳을 회상하는 할머니에 대해 쓰는 일과, 하루하루를 그 지옥 속에서 살아가는 어린 소녀의 삶을 묘사하는 일 사이에는 어떤 간극이 놓여 있는가.

『한 명』을 발간한 이후에도 김숨 작가는 공부를 계속했다고 한다. 그렇게 2년이 지나니 비로소 그동안 공부한 자료와 증언들이 체화되었단다. 작가 스스로 '나'가 되어 위안소라는 지옥을 찾아갈 비범한 용기가 생긴 것이다.

독자의 입장에서 본다면 두 소설 모두 끔찍하고 힘겨운 독서 경험을 안겨준다. 마음을 다잡고 페이지를 펼쳐 봐도 그렇다. 『한 명』에 적힌 다음과 같은 문장들은 독자의 눈을 찌른다. "군인들이 다녀갈 때마다 그녀는 식칼로 아래를 포 뜨는 것 같았다." "소녀들은 군인을 받으면서 동숙 언니의 시신이 타는 소리를 듣고, 냄새를 맡았다."

소녀들은 그저 운이 나빴을 뿐이었다. 밭을 매다가, 목화를 따다가, 냇가에서 빨래해 오다가, 집에서 아버지 병간호하다가 강제로 끌려갔다. 그 시절의 평범한 여성이라면 누구라도 지옥의 현장으로 끌려갈 수 있었던 것이다.

『흐르는 편지』를 읽는 일이 더욱 괴로운 건, 주인공인 '나'의 내면이 너무나 가깝고 생생하게 느껴지기 때문이다. 낙원위안소에서 살아가는 나는 아기를 가졌다. 글을 쓸 줄도 읽을 줄도 모르는 나는 흐르는 강물에 검지를 담그고 어머니에게 편지를 쓴다. "어머니, 아기에게 발이 생긴 거 같아요. 아기가 발길질을 했어요. 군인이 내 몸에 들어오려고 하니까요. 들어오지 말라고, 들어오지 말라고…."

독서 행위에도 용기가 필요하다는 걸 김숨의 소설을 읽고서 알게 되었다. 어떤 글쓰기는 작가가 자신의 영혼을 모두 내주고 스스로 영매가 되어야만 가능해진다. 그리고 어떤 독서는 그 자체만으로도 타인의 고통에 한발 다가서고 역사를 기억하는 일이 된다. (2018.8.9.)

북한의 언어와 문학

지난 며칠 동안 TV 화면을 통해 또렷이 들려온 김정은 위원장의 언어는 인상적이었다. 특히 숙소가 초라하고 수준이 낮지만 최대한 성의를 다했으니 마음을 받아 주시면 좋겠다고 한 백화원 영빈관에서의 인사말은 자연스럽고 진정성까지 보여서 당황스러울 정도였다. 남북이 자막 없이 이해되는 언어를 사용하고 있다는 사실, 우리가 언어공동체라는 사실을 새삼 깨닫게 된 순간들이었다.

그동안 잘 사용하지 않았던 '겨레'라는 단어의 의미도 새롭게 다가왔다. 조선노동당 본부 청사에서 문재인 대통령이 방명록에 쓴 글귀도 "평화와 번영으로 겨레의 마음은 하나!"였다. 무엇보다도 이번 남북정상회담을 계기로 겨레말큰사전 편찬에 속도가 날 것으로 기대하고 있다. 지난 2005년에 시작된 겨레말큰사전 편찬 작업은 현재 약 70% 정도가 진척되었다고 한다. 사전에 실리게 될 각 단어는 남한과 북한, 그리고 중국·일본·중앙아시아 등 재외동포들이 쓰는 뜻까지 세가지 종류를 담는다. 이제 남북 담당자들이 직접 만나서 낱말의 뜻을 비교·대조한 후 확정하는 작업이 남아 있다. 남북 교류가 재개되어야 가능한 일이다.

잘 알려져 있듯이 북한에서는 두음법칙을 적용하지 않는다. 그래서 여성은 녀성, 내일은 래일, 연애는 련애라고 발음하고 표기한다. 괄호 안에 그 뜻을 밝히지 않으면 언뜻 이해되지 않는 단어들도 많다. 그중에서 인상적인 낱말을 꼽으라면, 손기척(노크), 살결물(스킨로션), 가락지빵(도넛), 곽밥(도시락) 등이다. 이번에 방북한 최현우 마술사 덕분에 널리 알려진 '요술사'라는 단어도 기억에 남는다. 사이시옷을 사용하지 않기 때문에 비방울(빗방울), 뒤바라지(뒷바라지) 등으로 표기하는 것도 북한어의 특징이다.

문학 작품을 읽어보면 남북의 차이는 더욱 벌어지고 생경하게 느껴진다. 국내에서 출간된, 비교적 작품성이 검증된 단편소설들도 이념의 과잉, 느닷없는 결말, 주체사상의 강조 등으로 제대로 감상하기가 힘들다. 문학이 당대의 사회문화적 현실과 사상을 반영한다는 기본적인 사실을 새삼 깨닫게 된다.

"판사 동지… 저를 도와주세요… 전 그 사람과 정이 없이 사는 지 오래됐어요. 직장과 주위 사람들 보기가 부끄럽고… 아들애 걱정 때문에 재판소에 오지 못했어요."

북한 소설가 백남룡의 장편소설 『벗』은 아내인 채순희가 남편을 상대로 이혼소송을 제기하면서 이야기가 시작된다. 채순희가 이혼하려는 이유는 남한의 경우와 크게 다르지 않다. 남편이 사사건건 자신을 비난하고 경멸하기 때문에 "남은 건 모욕과 허무감이고 고통뿐"이라는 것이다.

하지만 소설을 읽어갈수록 남북이 얼마나 다른 체제와 문화 속에서 살고 있는지 실감하게 된다. 부부의 이혼을 막기 위해 심리상담사와 사회복지사 역할까지 자처하는 인민재판소의 판사 정진우의 헌신적인 행동이 (남한의 독자가 보기엔) 비현실적으로 펼쳐지는 것이다. 정진우는 아마도 사회주의 공동체를 지향하는 북한 사회가 요구하는 이상적인 인간형일 것이다. 소설의 제목인 『벗』은 체제의 이념을 드러내는 '동무'라는 단어의 의미를 넘어서 이상적인 인간관계의 지향점을 나타내는 단어이다.

다른 분야와 마찬가지로 문학 분야의 남북 교류 역시 서로의 다름이 어떤 의미를 갖는지 성찰하는 일에서부터 시작되어야 할 것이다. 언어의 이질성을 극복하려는 노력도 그러하다. 남북 통합 문학사나 통합 사전을 펴내려는 시도도 언어 속에 내재된 북한 사회의 특수성을 객관적으로 이해하려는 노력이 수반되어야 한다. (2018.9.20.)

부끄러운
문학상에 대하여

해마다 이맘때면 들려왔던 노벨문학상 소식이 올해는 부끄러운 성범죄와 연관되어 사람들 입에 오르내리고 있다. 스웨덴 한림원 종신위원인 카타리나 프로스텐손의 남편 장클로드 아르노가 지난해에 성폭력 혐의를 받은 후 기소되었고, 이 사건에 대한 한림원의 대처에 항의해 위원들이 집단 사퇴하며 한림원의 기능이 마비된 것이다. 결국 지난 5월에 한림원은 2018년 노벨문학상 수상자를 선정하지 않겠다고 발표했다. 그리고 며칠 전 장클로드 아르노는 스웨덴 지방법원에서 성폭력 혐의가 입증되어 징역형을 선고받았다.

내용과 맥락은 다르지만 우리나라의 몇몇 문학상도 불명예의 대상이 되어 논란이 되고 있다. 서정주 시인의 친일 행적으로 인해 미당문학상이 사실상 중단된 것에 이어 지난주에는 동인문학상 폐지를 요구하는 세미나가 서울에서 열렸다. 한국작가회의와 민족문제연구소가 공동 주최한 세미나의 제목은 '문단의 적폐, 친일문인 기념 문학상 이대로 둘 것인가'

였다. 부제는 '조선일보 동인문학상 편'이었다.

동인문학상이 기리는 김동인은 염상섭, 현진건과 더불어 한국 근대소설을 대표하는 소설가이다. 그는 「감자」, 「배따라기」 같은 대표적인 단편소설뿐만 아니라 역사소설, 비평문, 소설 이론 등 무수한 저작을 남겼다. 하지만 그는 민족문제연구소가 발간한 『친일인명사전』에 자세한 행적이 기록될 정도로 적극적인 친일 행위를 했다. 황군위문작가단으로 활동했고, "학병 보내는 세기의 감격" 등을 표현한 여러 수필을 신문에 실었다. 1942년 〈매일신보〉에 실린 수필 「감격과 긴장」에는 다음과 같이 썼다. "대동아전이야말로 인류 역사 재건의 성전인 동시에 나의 심경을 가장 엄숙하고 긴장되게 하였다."

지난 토요일의 세미나에는 과거에 동인문학상 후보에 올랐으나 거절한 공선옥 소설가의 발표도 있었다. 공선옥 소설가는 현재 동인문학상을 주관하는 조선일보사의 기사와 논설을 읽으며 분노를 느낀 적이 많았고, 종신 심사위원제가 "문인들을 줄 세우려는" 방식이기에 굴욕감을 느껴 수상 후보를 거절했다고 밝혔다.

문학상에 대해 생각하면서 작년 10월 한국작가회의가 회원들에게 보낸 이메일을 다시 읽어보았다. 사실 문인들 사이에서는 친일문학인을 기리는 문학상 폐지에 관해 지난 몇 년동안 팽팽한 논쟁이 진행되고 있었다. 친일문인 기념 문학상을 폐지해야 한다는 데는 다들 동의했다. 문제는 이러한 다수

의견을 협회 차원에서 어떤 방식으로 동료 문인들에게 권고 또는 강제하느냐 하는 거였다.

결론적으로 한국작가회의가 밝힌 입장은 크게 두 가지였다. 친일문인 기념 문학상을 심사하거나 수상하는 데 대해 회원들을 강제할 만한 특별 조항을 만들지 않겠다는 것, 그러나 이러한 문학상에 참여하지 않을 것을 모든 회원들에게 '권고'한다는 것이었다. 한국작가회의는 역사적으로 독재와 분단체제의 모순에 적극적으로 맞서면서 성장해온 문학 단체이다. 그러하기에 협회의 정체성을 유지하면서도 동시에 현재 한국문학의 다양한 경향성도 함께 끌어안으려는 고민이 깊어질 수밖에 없다.

문학상은 해당 작가의 업적과 정신을 널리 알리고 기리기 위해 제정된다. 문학이 현실과 동떨어진 진공 상태에서 탄생할 수 없듯이 작가의 문학정신은 그의 삶의 행적과 따로 분리해서 생각할 수 없다. 작가들이 친일문인 기념 문학상의 수상과 심사를 거부하고, 더 나아가 문학상을 폐지하라고 요구하는 이유. 친일 잔재를 청산하지는 못할망정 그것을 받들고 기리는 행위는 차마 할 수가 없어서이다. (2018.10.11.)

백 년의 기다림
─그녀들의 이야기

영화 〈항거: 유관순 이야기〉가 끝난 후에도 관객들은 좌석에 그대로 앉아 있었다. 엔딩 크레디트 때문이었다. 합창곡 〈석별의 정〉이 울려 퍼지고, 당시 서대문형무소에 수감되었던 여성 독립운동가들의 수형 기록 카드가 하나씩 소개되었다. 그동안 이름이 알려지지 않았던, 백 년 전 여성들의 얼굴이 화면 위로 나타났다가 사라졌다. 묵직한 감정이 밀려들었다.

지난주에 방문한 대구 '3·1만세운동길'에서도 비슷한 심정이 들었다. 제일교회 아래 90계단을 내려가면서 〈종로에서 기생들의 만세시위〉라는 제목의 사진을 보았다. 서울 광화문과 덕수궁 앞 만세시위 사진과 함께 걸려 있는 사진이었다. 가체 머리에 한복을 입은 수많은 기생들이 양손을 펼치거나 위로 치켜올리며 만세를 부르고 있었다. 3·1운동이 남녀는 물론 신분을 뛰어넘어 일어난 항일운동이었다는 사실을 새삼 깨달았다.

대구의 3·1운동을 알리는 전시물도 눈에 띄었다. 당시 신명여중을 다닌 김학진 할머니의 회고록 일부가 소개되어 있었다. 여학생들의 교복 치마가 변형된 사연이었다. 당시 여학생들은 검정 치마에 흰 저고리를 입었는데, 3·1운동 당시에는 치마끈을 떼어내고 '조끼허리'를 만들어 입었다. 한복 치마에 끈이 아니라 조끼 모양의 넓은 어깨끈을 달아서 입은 이유는 "만세를 부르면서 달리며 뛰어가는데 안전하기도 하려니와 특별히 일경들에게 체포당하면 어떤 악형과 모욕을 당할지 모르니" 그랬다는 거였다. 그때부터 여학생들의 치마가 조끼허리로 변했다고 한다.

백 년 전, 이 땅의 수많은 여성들은 나이와 신분을 뛰어넘어 3·1만세운동 행렬에 참여했다. 그런데 국가기록원에서 2016년에 발간한 『여성독립운동사 자료총서』를 보면, 3·1운동으로 독립유공자 포상을 받은 여성들의 숫자는 88명뿐이다. 또한 2018년 기준으로 정부가 훈·포상을 수여한 여성 독립유공자는 총 298명이다. 전체 독립유공자의 2%에 불과하다. 그나마 그녀들의 서훈은 가장 낮은 7등급에 절반 이상이 몰려 있다. 3·1운동의 표상인 유관순 열사도 불과 며칠 전에야 서훈이 기존의 3등급에서 1등급인 대한민국장으로 추서되었으니 할 말이 없다.

여성 독립유공자의 비율이 낮은 이유는 당시 여성 수감자들의 정보를 기록한 명적표나 판결문 등이 남아 있지 않거나 제대로 발굴되지 않아서이다. 또 다른 이유는 여성의 포상 기준을 남성과 같은 수준으로 적용하고 있기 때문이다. 영화에서 유관순 열사에게 가해진 고문이 보여주듯이, 일경들 앞에서 나체가 되어 치욕을 당하는 건 여성에게 가해지는 가장 악랄한 폭력이다. 그런데 여성 독립유공자에 대한 포상 기준은 이런 점이 고려되고 있지 않은 것이다.

3·1만세운동을 통해 이 땅의 여성들은 처음으로 당당하게 거리에서 만세를 부르면서 민족적 일체감을 경험했다. 3·1운동 이전에는 조선의 여성들이 거리에서 단체로 마음껏 소리를 질러본 적이 없었던 것이다. 학자들이 3·1운동을 근대 여성운동의 시발점으로 보는 이유가 여기에 있다. 대한독립만세, 라고 외친 여성들은 주권 회복과 함께 평등한 인간으로서의 권리와 의무도 지니게 되기를 소망했을 것이다.

"왜 그렇게까지 하는 거요?"

영화 속에서 만신창이가 되어 옥사에 누운 유관순에게 세탁장에서 일하는 노인이 물었다. 누구든 그렇게 묻고 싶었을 것이다. 어린 여학생의 몸으로 왜 그렇게까지 했던 거냐고. 그리고 어떻게 그렇게 할 수 있었던 거냐고. 여전히 또렷하고 명징한 눈빛으로 들려준 유관순 열사의 대답이 잊히지 않는다. "그럼, 누가 합니까?" (2019.3.7.)

정치와 거짓말

우리 사회에서 '정치'라는 단어는 부정적인 의미를 담고 있다. 만약 누군가 당신에게 '정치적'이라고 한다면, 아마도 그는 당신이 얍삽하거나, 기회주의적이거나, 거짓말을 잘하거나, 권력욕에 가득 찬 사람이라고 말하고 있을 것이다. 표준국어대사전에 '나라를 다스리는 일' 또는 '국민들이 인간다운 삶을 영위하게 하고 상호 간의 이해를 조정하며, 사회 질서를 바로잡는 따위의 역할'이라고 풀이된 정치라는 단어가 이토록 타락하게 된 건, 물론 정치인들 때문이다. 입만 열면 빤한 거짓말을 일삼는 정치인들이 문제인 것이다.

요즘 회자되는 선거제 개혁에 관한 논의만 해도 그렇다. 누구보다도 법 지식에 정통할 판사 출신의 야당 원내대표는 연동형 비례대표제가 "전 세계에 유례없는 제도"이며 "민주주의를 후퇴시키고" "무기력한 의회"를 만들어서 "제왕적 대통령제를 더욱 강화"한다고 발언하고 있다. 인터넷 검색이나 언론의 '팩트 체크'에 의해 단숨에 거짓으로 밝혀질 이런 주장을 접할 때마다 의문이 든다. 정치인들은 정말 국민을 바보로 여기는 걸까? 그들이 생각하는 정치란 과연 어떤 것일까?

5·18민주화운동에 북한군이 투입됐다고 주장하거나, "해방 후에 반민특위로 인해서 국민이 무척 분열"됐다고 역사를 왜곡하는 행태를 보면 의문은 더욱 깊어진다. 최고의 학벌과 정치 경력을 갖춘 야당 원내대표를 비롯한 국회의원들이 우리나라의 현대사를 공부하지 않았거나 역사적 사실을 잘못 이해하고 있을 리는 없다. 이들은 자신들만의 '정치'를 하고 있는 것이다. 사실과 역사를 왜곡하고 거짓말을 퍼트려서라도 지지층을 결집하여 정치권력을 획득하는 것, 이들은 정치의 의미를 이렇게 이해하고 있다.

정치가 원래 이렇게 협소하고 쩨쩨하며 불쾌한 것이었는가? 위에서 언급한 표준국어대사전의 정의만 봐도 그렇지 않다는 걸 알 수 있다. 게다가 나라를 다스린다는 뜻풀이는 정치의 의미를 좁게 해석한 경우이다. 정치라는 용어는 고대 그리스 도시국가라는 뜻의 폴리스(Polis)에서 유래했다. 평등한 권리와 의무를 가진 시민들이 다양한 의견을 나누고 토론을 통해 합의에 이르는 과정 자체가 정치의 본래 의미인 것이다.

그리스의 폴리스 개념을 빌려서 현대사회의 정치와 (정치) 행위의 의미를 탐구한 이는 한나 아렌트였다. 아렌트에게 정치란, 폴리스가 그러했듯이, 동료 시민들과 더불어 공개적인 장소에서 언어를 매개로 의견을 조정하는 과정이었다. 즉 시민이 말과 (정치)행위의 자유를 누리는 일 자체가 정치인 것이다. 그런데 아렌트가 특히 주목한 건, 정치의 공적 영역이었다. 정치행위란 개인의 사적인 욕구나 이익 등을 뛰어넘어 공동체 모두에게 이로운 가치와 선을 추구하는 일이라는 것이다. 오늘날 우리 정치인들이 하는 행태와 정반대의 의미를 정치에 부여하고 있다.

만약 요즘 정치인들이 거짓말을 일삼는 이유가 시민들에게 정치 혐오나 냉소, 무관심을 심어주기 위한 것이라면, 잘못 생각하는 거라고 말해주고 싶다. 촛불혁명의 발생 과정과 결과가 보여주듯이, 시민들의 정치의식과 판단력은 그들이 함부로 짐작하는 수준을 훨씬 뛰어넘는 것이다. 자신들의 지지 세력 이외에는 그 누구도 안중에 없고, 정치권력의 획득을 위해서라면 거짓말이든 역사 왜곡이든 서슴지 않는 행태를 시민들은 낱낱이 지켜보고 있다.

정치는 정치가들의 전유물이 아니다. 우리 사회의 가장 신뢰할 수 없는 집단에게 정치를 맡겨두어서는 안 된다. 정치는 공동체가 더불어 살아가기 위한 공통의 선과 가치가 무엇인지, 그리고 이를 어떤 방식으로 실현할 수 있는지를 고민하고 발견해가는 과정이다. (2019.3.28.)

무라카미 하루키와
역사의식

하루키와 역사의식이라니, 어쩐지 어울리지 않는 조합인 것 같다. 하루키가 누구인가. 청춘의 불안과 허무를 감각적으로 묘사한 『노르웨이의 숲』의 작가가 아닌가. 우리나라에서 『상실의 시대』라는 제목으로 더 잘 알려진 이 소설은 출간된 지 어언 30년이 지났지만 여전히 젊은 세대로부터 공감을 얻고 있다.

데뷔작 『바람의 노래를 들어라』부터 최근작 『기사단장 죽이기』까지 하루키의 주인공들은 현실 세계에 의문을 품으며 나는 누구인가, 나는 어디에 있는가, 라는 존재론적 질문을 던진다. 일상의 균열과 어긋남을 예민하게 느끼는 주인공들은 판타지를 받아들이며 이 세계 너머의 다른 세계를 경험한다. 현실 너머의 무언가를 찾아 헤매다 월경(越境)하는 이야기. 작가는 어느덧 70세가 되었지만 그의 주인공들은 여전히 청년이나 장년으로 남아 있다. 하루키가 청춘의 감성을 대표하는 작가로 여겨지는 이유일 것이다.

그런데 언제부턴가 하루키는 역사의식과 사회적 책무에 대해 언급하기 시작했다. 몇 년 전에 그는 "일본은 상대국이 납득할 때까지 사죄해야 한다." "역사를 잊으려 하거나 바꾸려 해서는 안 된다." 등의 발언을 인터뷰에서 했다. 지난주 〈도쿄신문〉과의 인터뷰에서도 "역사는 자신들이 짊어져야 하는 집합적인 기억"이며 "그것은 아무리 감춰도 반드시 밖으로 나온다."라고 했다. 그의 발언들은 현 일본 정부의 역사 왜곡 행보에 대한 비판이자 역사적 책임 의식을 촉구하는 정치적 압박이기도 하다.

사실 하루키가 현실과 역사에 대해 관심을 갖게 된 건 1995년으로 거슬러 올라간다. 그해 발생한 고베 대지진과 옴진리교 지하철 가스테러 사건은 그의 삶과 문학에 큰 영향을 미쳤다. 고베는 하루키가 학창시절을 보냈고 '정신적 고향'이라고 부르던 도시였다. 고향에서 발생한 대재앙은 그에게 충격과 상실감을 안겨주었다. 이후 출간된 『신의 아이들은 모두 춤춘다』는 고베 지진 직후를 배경으로 한 연작소설집이다. 옴진리교 테러 사건 역시 하루키가 작가로서의 사회적 책무를 깨닫는 계기가 되었다. 1997년에 출간된 『언더그라운드』는 작가가 직접 테러 사건의 피해자와 관계자들을 만나서 인터뷰한 르포집이다. 하루키 문학의 전환점이 된 책이다.

하지만 하루키의 현실 참여 발언과 소설 내용 간의 간극은 강한 비판을 불러오기도 했다. 그의 주인공들은 여전히 존재론적 질문에 매달리고 방황하며 판타지의 세계로 넘어가 버리기 때문이다. 논리적으로 사유하고 행동하는 주인공은 좀처럼 만나기가 힘들다. 대표적으로『색채가 없는 다자키 쓰쿠루와 그가 순례를 떠난 해』를 꼽을 수 있다. 2011년에 발생한 동일본 대지진 이후 처음 발표된 소설인 까닭에 많은 이들이 작가의 형상화 방식에 대해 기대를 품었다. 하지만 이 소설은 재해를 연상시키는 장면은 거의 없고, 내면의 상처를 치유하기 위한 지극히 개인적인 순례 이야기가 펼쳐진다.

하루키는 "'우물'을 파고, 파고 또 파나가다 보면, 거기에서 전혀 연결될 리가 없는 벽을 넘어 연결되는 커미트먼트"에 대해 언급한 바 있다. 자신의 최근 문학 경향을 커미트먼트(헌신)라고 부르기도 했다. 인간의 내면을 탐색하다 보면 새로운 길을 만나게 되고, 그런 길들이 사람들 사이의 헌신을 만들어낸다는 의미이다.

하루키가 찾아가는 문학의 길이 판타지인지 리얼리즘인지, 개인의 내면인지 사회적 이슈인지는 중요하지 않을 것이다. 작가가 언급했듯이 중요한 건 인간과 인간의 관계이며, 내면들이 벽을 넘어 서로 소통할 수 있다는 믿음이다. 40년이 넘도록 유지되어 온 하루키 문학의 성공 비결은 바로 이러한 믿음에의 작가적 헌신이 아닐까 싶다. (2019.5.30.)

노근리 진실이
세상에 알려지기까지

고(故) 정은용의 실화소설 『그대, 우리의 아픔을 아는가』
는 톨스토이의 다음 문장으로 시작된다. "전쟁이란 인간이 범
하는 최대의 죄악이다." 1994년에 발간된 이 책은 한국전쟁
이후 40여 년 동안 묻혀 있던 노근리 사건을 세상에 알리는
계기가 됐다.

노근리 사건은 1950년 7월 25일부터 29일까지 약 5일간
충북 영동군 노근리 일대에서 미군에 의해 자행된 민간인 학
살사건을 가리킨다. 미군이 인근 마을을 돌며 소개명령을 내
린 후 피난길에 오른 약 500~600여 명의 주민들을 철길로 유
도한 후 전투기로 폭탄을 투하하고 총격을 가했다. 이후 철
교 아래 쌍굴다리 안으로 피신한 피난민들을 만 3일 동안 지
켜보며 총·포격을 가했다. 사망자는 약 250~300여 명에 달
했다.

실화소설의 저자인 정은용은 이 사건으로 두 아이를 잃었
다. 하지만 노근리 비극을 상세하게 밝힌 그의 책은 당시 국

내에서 주목받지 못했다. 〈한겨레신문〉과 월간 〈말〉을 제외하고는 모든 언론이 침묵했다. 실화소설인 까닭에 문단에서도 언급되지 않았다. 이러한 무관심에는 이 사건의 공개가 불러올 파장, 즉 한미 관계에 악영향을 끼칠 거라는 우려와 질타가 숨어 있었다.

노근리 사건이 부각된 건 아이러니하게도 미국 언론의 대대적인 보도 때문이었다. 정은용의 책과 손해배상 소송을 접한 AP통신이 노근리 사건을 집중 취재한 후 1999년 9월에 보도했다. 이후 미국의 주요 언론도 사건에 주목했고 후속 보도를 냈다. AP통신은 이 보도로 그해의 퓰리처상을 수상했다. 같은 해에 한·미 양국의 공동 진상조사도 시작됐다. 그리고 2001년, 미 클린턴 대통령은 "부수적 피해"에 대해 "유감"을 표하는 성명을 발표했다. 국내에서는 2004년에야 국회에서 특별법이 통과되었다.

AP통신 담당기자들이 펴낸 『노근리 다리: 한국전쟁의 숨겨진 악몽』에는 기사가 타전되기까지의 순탄치 않았던 과정이 소개된다. 노근리 관련 기사가 완성된 건 1998년 7월 말이었다. 하지만 AP통신 지도부가 미 군부와 정계의 눈치를 살피면서 보도는 일 년이 넘도록 지연되었다. 그 기간 동안 취재팀은 오히려 취재의 범위를 다른 피난민 살상사건으로 확대했다. 낙동강 왜관철교, 경북 고령군 득성교 등 후퇴하던 미군이 폭파한 다리에서 수백 명의 피난민들이 사망했다는 사실이 미국 언론에 의해 차례로 밝혀졌다.

노근리 비극을 전 세계에 알린 건 AP통신 취재팀이었다. 이들은 미 정부의 비밀해제 문건과 문서를 꼼꼼히 조사하고, 참전 미군들의 증언을 들었으며, 한국의 피해자들을 인터뷰했다. 하지만 이 모든 것의 시작에는 노근리의 진실을 밝히는 데 평생을 바쳐온 피해자들의 숨은 노력이 있었다.

고 정은용을 포함한 다섯 명이 미국을 상대로 소송을 시작한 건 1960년 10월이었다. 이후의 기나긴 군사독재 시절 동안 이들은 '빨갱이 마을' 주민으로 낙인찍혔지만 진실을 밝히려는 의지를 굽히지 않았다. 정은용의 실화소설이 발간된 1994년에는 '노근리 미군 양민학살 사건 대책위원회'가 결성되었다.

충북 영동이 고향인 소설가 이현수는 2003년에 소설 『나흘』을 발간했다. 고향에서 발생한 학살 사건을 그린 그녀의 소설에 이런 문장이 나온다. "노근리 사건은 크고 넓게 봐야 해요. 그 사람들 모두가 피해자예요."

전쟁은 관련된 모든 사람을 피해자로 만들어버린다. 인간의 인간다움을 파괴해버리는 것이다. 하지만 누군가는 사살 명령을 내렸고 누군가는 그 명령에 따랐다. AP통신에 의하면, 당시 미군 지휘부는 적군이 숨어 있을지 모르니 모든 피난민을 "적으로 간주해 사살"하거나 "과감한 조치"를 취하라는 명령을 내렸다. (2019.6.20.)

덕혜옹주를
다시 생각하다

지난주에 『덕혜옹주』의 저자 권비영 소설가의 북콘서트가 부산에서 열렸다. 3·1운동과 임시정부 수립 100주년을 맞이하여 부전도서관에서 개최한 행사였다. 어쩌다 보니 내가 행사의 사회와 대담을 맡게 되었다.

소설 『덕혜옹주』가 출간된 건 지난 2009년 12월 말이었다. 바로 2010년, 경술국치 100주년을 며칠 앞둔 절묘한 시점이었다. 당시만 해도 덕혜옹주에 관한 책은 국내에 단 한 권뿐이었다. 일본인 혼마 야스코의 책을 한글로 옮긴 번역서였다. 『덕혜옹주』가 출간된 후 대중의 반응은 뜨거웠다. "비참하게 버려진 조선 마지막 황녀의 삶을 기억하라!" 소설의 카피 문구도 사람들의 미묘한 감정선을 건드렸다. 대한제국 마지막 황녀의 비극적인 생애는 망국의 세월을 살았던 선조들의 고통과 설움을 다시 떠올리게 했다.

1912년, 고종의 막내딸로 태어난 덕혜옹주는 열네 살 때 강제로 일본 유학생활을 시작했다. 20세 땐 일본인 백작과 원치 않은 결혼을 했다. 정신분열증과 우울증을 앓았던 옹주는 이후 15년 동안 일본의 정신병원에 입원해 있다가 1962년에야 환국했다. 창덕궁의 낙선재에서 말년을 보냈던 옹주는 1989년에 세상을 떠났다.

소설 『덕혜옹주』는 환국 과정과 몇몇 소설적 허구 장치를 제외하고는 기록에 남겨진 덕혜옹주의 일생을 비교적 충실히 따르고 있다. 혼마 야스코의 책과 비교해 봐도 내용이 크게 다르지 않다. 조선에서부터 일본식 교육을 받았고 기모노를 입었으며, 10대 시절에 이미 지병이 발병했다. 또한 소 다케유키와의 결혼생활도 잠시나마 행복했던 때가 있었다. 일본에서 항일 저항운동에 참여한 적은 없었다.

덕혜옹주에 대한 역사 왜곡 논란은 2016년 동명의 영화가 개봉된 후 뜨거워졌다. 사실 영화 〈덕혜옹주〉는 제목과 주인공들의 이름만 빌려왔을 뿐, 소설과는 비교 자체가 불가능할 정도로 전혀 다른 내용을 담고 있다. 무엇보다도 덕혜옹주가 전혀 다른 캐릭터로 변신한다. 영화 속에서 옹주는 조선인 아이들을 위해 한글학교를 세우고, 강제 징용 노무자들 앞에서 민족혼을 일깨우는 연설을 하며, 국권회복을 위해 상해 임시정부로 망명을 기도한다. 생모와 궁궐 생활을 그리워하며 자폐적으로 살았던 옹주가 영화에서는 올곧은 여성 독립운동가로 그려지는 것이다.

"빼앗긴 들에도 봄은 옵니다." 조선인 노무자들 앞에서 영화 속의 옹주가 이 연설을 했을 때, 그래서 공감할 수 없었다. 연설 직후 친일파 한택수에게 뺨을 맞고 쓰러졌을 때도 분노가 끓어오르지 않았다. 영화가 허구적 상상력에 기반을 둔 예술 장르라는 점을 감안해도 역사와 영화 속 인물 간의 간극이 너무 컸다.

지난주의 북콘서트에서도 역사의식과 관련된 청중들의 질문이 이어졌다. 한 여고생은 "그렇다면 학교에서 역사 교육이 어떻게 이루어져야 하느냐"고 물었다. 한 중년 남성은 영화의 내용을 역사적 사실로 이해하는 사람들이 많다고 지적했다. 하지만 권비영 작가는 영화의 개작에 대해 충분히 이해한다고 말했다. 소설 창작과는 달리 제작비가 엄청나게 소요되는 영화는 대중성과 수익성을 염두에 두지 않을 수 없다는 설명이었다.

행사 진행을 마친 후 집으로 돌아와 주말드라마를 시청했다. 〈녹두꽃〉에서는 일본 군대에 맞서 봉기했던 전봉준이 체포되어 한양으로 압송되었고, 〈이몽〉에서는 일경에 체포된 의열단 청년들이 고문을 당한 후 죽거나 자결했다. 씁쓸한 마음이 들었다. 오늘 우리가 기억해야 할 이름은 과연 누구일까. 무능했던 황제와 그의 가족이 아니라, 조국을 위해 기꺼이 목숨을 버렸던 바로 이분들이 아니겠는가. (2019.7.11.)

고결한 삶의 방식, 독립운동

　지인들과의 단출한 모임에서 이육사 시인이 화제에 올랐다. 광복절 휴일에 대한 이야기 뒤끝이었다. 옆자리의 고교 교사가 작년에 학생들을 이끌고 안동의 이육사문학관에 견학을 다녀왔다고 했다. 그때 육사의 따님 이옥비 여사가 직접 문학관을 안내했다고 한다. 따님은 생전의 육사가 옷차림을 멋지게 꾸밀 줄 아는 멋쟁이였다고 회고했단다. 고향을 방문할 때 흰 양복에 백구두를 신었다는 소설 속 일화가 생각나서 그렇다고 맞장구쳤다.

　마침 고은주의 장편소설 『그 남자 264』를 읽은 직후였다. 작년 여름에 사두고 며칠 전에야 완독한 소설이었다. 40세에 세상을 떠난 시인이 평생 17번 붙잡혀서 감옥에 갇혔고, 23세 때 대구형무소에서 받은 첫 번째 수인번호 264를 필명으로 삼았다는 소설 내용에 대해 지인들에게 얘기했다. 소설에 묘사된 안동의 선비 순례길과 퇴계 예던길을 꼭 한번 걷고 싶다고 덧붙였다. 갑자기 열변을 토하는 꼴이 되었는데 그때 건너

편에 앉은 한 지인이 담담히 물었다.

"그런데 이육사 시인이 지금 우리 살아가는 것과 무슨 상관이 있죠?"

갑자기 말문이 막히고 입이 다물어졌다. 그렇게 생각할 수도 있겠다 싶었다. 교과서적인 대답, 그러니까, 선조들의 독립운동으로 지금 우리가 이렇게 자유롭게 살고 있다는 대답은 할 수 없었다. 지인도 그런 식의 정답지를 몰랐던 건 아닐 테니까.

비교과 커리큘럼에 도움이 되겠다며 옆자리의 고교 교사가 소설에 관심을 보여서 한동안 둘 사이에 대화가 이어졌다. 널리 알려진 시 「청포도」와 옥사하기 전 감옥에서 마분지에 쓴 시 「광야」에 대한 얘기가 오갔다. 윤동주 시인의 죽음이 그랬듯이 육사의 죽음 역시 석연치 않다는 데 의견이 모아졌다. 서울에서 북경의 일본 영사관 감옥까지 압송된 육사는 그곳에서 숨을 거뒀다.

독립운동가의 삶을 떠올릴 때마다 경외감과 함께 의문이 들곤 했다. 그들의 투쟁 의지와 신념의 뿌리는 도대체 어디에서 비롯되는 것일까. 연약한 육신을 가진 한 인간이 반복적으로 자행되는 끔찍한 고문과 고초를 이겨내려면 특별한 무언가가 있어야 했다. 더구나 36년은 일관된 정신세계를 유지하기엔 너무나 긴 세월이다. 그러하기에 수많은 지식인과 문인들이 변절해서 일제에 동조하거나 침묵을 지켰다.

소설『그 남자 264』에는 다음과 같은 육사의 육성이 나온다. "내 이름을 걸고, 목숨을 걸고 가야 할 이 길은 물론 고통스럽겠지만, 이 길로 가지 않으면 더욱 고통스러울 것입니다."

일제강점기의 독립운동이 '종교 민족주의' 성격을 띠었다는 건 학계에 널리 알려진 사실이다. 식민지 상황에서 종교가 민족공동체의 구심점이 되어 정치적 역할을 수행한 것이다. '독립선언서'에 서명한 민족대표 33인이 천도교, 기독교, 불교 등 종교계 대표들로 이루어졌고, 이후 전개된 항일 투쟁에서도 종교인과 종교 조직이 연락망과 촉매 역할을 했다. 유관순 열사는 독실한 기독교 신자였고, 만해 한용운은 독립운동과 불교 개혁 운동을 동시에 이끌었다.

육사의 경우, 퇴계의 후손으로서 한학을 배우며 유가(儒家)의 가풍 속에서 성장한 선비정신이 정신적 뿌리였던 것으로 보인다. 의(義)를 삶의 중심에 놓고 좇는 사생취의(捨生取義)의 선비정신이 아니라면, "천고千古"의 시간 속에서 "백마 타고 오는 초인"을 꿋꿋하게 기다린 도저한 희망을 설명할 수 없다. 일제에 빼앗긴 고향 마을의 들판을 바라보며 썼다는 시, '넓을 광'이 아닌 '빌 광'의 「광야曠野」를 다시 한 번 정독한다. 고결한 삶의 방식을 흔들림 없이 선택하고 평생 유지했던 한 인간의 발자취가 보인다. (2020.8.13.)

램지어 교수의 논문을 읽고

작년 12월 1일에 온라인 전자저널에 발표된 램지어 교수의 논문, 「태평양전쟁의 성 계약」을 읽었다. 강사로 일하는 대학의 개인 이메일 주소를 입력하니 전문을 무료로 다운받을 수 있었다.

'경제학으로 훈련된 법률 이론가'의 논문은 예상과는 달리 그다지 어렵지 않다. 아니, 오히려 논리적 오류들이 매우 명백하게 드러나 있다. 즉 태평양전쟁 시기의 특수한 군 위안소 제도를 마치 21세기 도시 한복판에서 동등한 지위를 가진 당사자들이 체결한 고용계약 제도인 것처럼 해석하고 있다. 선행연구도 부족해 보인다. 당시의 일본군 성노예 피해자들에 대해 학계는 이미 오래전부터 '위안부'가 아니라 '성노예'라는 용어를 사용해 왔다. 하지만 램지어 교수는 시종일관 이 여성들이 미리 선불을 지급받았고, 위험수당을 포함한 높은 급여를 정기적으로 받았으며, 1년이나 2년의 계약기간이 끝나면 자유롭게 위안소를 떠날 수 있는 직업적 '매춘부'였다고 주장하고 있다.

논문 저자의 교활한 의도가 두드러지는 건 특히 다음의 주장을 통해서이다. (1) 1930년대에 한인 여성들을 속여서 서울의 공장 대신에 군 위안소에 팔아넘긴 모집책들이 부쩍 증가했다. 그런데 이들은 (일본 정부나 군 당국, 또는 한국 정부가 아니라) 한국인 모집책들이었다. (2) 고용 계약서를 맺은 당사자 역시 위안소 소유주와 개별 여성들이었다. (3) 위안소 소유주들은 미리 지불한 선금과 함께 높은 급여를 정기적으로 지급했고, 여성들은 이 급여를 저축하거나 고향으로 송금하다가 계약기간이 끝나면 고향으로 돌아갔다.

램지어 교수의 정치적 의도는 분명해 보인다. 계약 주체와 이행 당사자가 한국인 모집책, 위안소 소유주, 매춘부 여성이므로 일본 정부는 사과와 배상에 대한 책임이 없다는 것이다.

하지만 이 논문을 누구보다도 먼저 비판한 하버드대학의 석지영 교수는 "강제된 건 계약이 아니다"라며 논문의 기본적인 전제 자체가 잘못되었다고 지적한다. 강압적으로 맺은 계약은 정당한 계약이 아니라 '노예 계약'이며 법적 효력이 없다는 것이다. 석 교수는 〈뉴요커〉에 발표한 기고문에서 역사학자 테사 모리스 스즈키의 글을 소개한다. 즉 램지어 교수의 논문은 "다른 시대, 다른 장소, 그리고 전혀 다른 상황에서 발생한 두 제도인 1920년대~30년대에 일본에서 행해진 제도 (공창제도)와 1930년대~40년대의 군 위안소 제도"를 "기이하게도"동일시했다는 것이다. 또 다른 역사학자 에이미 스탠리 교수 역시 자발적으로 계약을 체결했다고 논문에서 언급된 10살짜리 일본인 소녀 오사키에 관한 정보를 확인해본 결과, 그 소녀는 군 위안소의 실체를 전혀 알지 못하고 속아 넘어간 피해자였으며 램지어 교수가 이 정보를 의도적으로 누락했다는 사실을 밝혀냈다.

'위안부' 피해자들이 강제 동원 및 납치로 인해 성노예가 되었다는 사실은 유엔과 국제 앰네스티가 이미 인정했고, 일본 정부도 과거에 고노 담화(1993년)를 통해 이를 수용한 바 있다. 현재 석 교수를 필두로 한 전 세계의 학자들은 지극히 예외적인 몇몇 사례를 들어서 전체 현상을 일반화한 램지어 교수의 논문을 비판하고 있다. 그의 논문은 일본 극우주의자들의 편향적 논리에 힘을 실어주기 위해 국내외 학자들의 연구 결과와 증언자들의 기록물 등을 자의적으로 선택하여 왜곡했다.

며칠 전 '일본군 성노예 피해자 유족회'에서 피해자들을 '위안부' 대신 '성노예'라고 변경해서 부르자고 공식 요청했다. '위안'받은 가해자가 아니라, 피해자의 관점에서 이 사태를 바라보는 게 수습책의 첫걸음이 될 것이다. 학문을 악용하여 역사적 사실을 왜곡한 존 마크 램지어 교수, 지금부터 당신은 아웃이야! (2021.3.11.)

**5부
사르트르와 카뮈의
묘소를 찾아서**

"묻힌 과거를 발굴하고 말 없는 사람들을 대변하라!"

살인자의 내면과 소설가

"작가는 마르코 폴로 같은 사람"이라고 말한 건 김영하 소설가였다. 지난 2003년 『살인자의 기억법』 출간 직후 한 인터뷰에서 했던 말이다. 13세기 베니스에서 출생한 마르코 폴로는 당시 그 누구도 가보지 못한 중동과 중국을 여행하고 돌아와 주변 사람들이 믿거나 말거나 '썰'을 풀었고, 그 내용을 책으로 묶었다. 그의 『동방견문록』에는 당대의 유럽인들이 듣도 보도 못한 낯선 세계의 풍습과 문물이 자세히 기술되어 있다.

김영하가 생각하기에 소설가는 동시대인들이 상상하거나 경험하지 못한 '이상한 세계'를 탐험하는 사람이다. 보통 사람들은 생각하기조차 싫어하고 꺼려하는 것, 예컨대 살인자의 내면을 소설가는 대신 경험하고, 그러한 정신적 체험을 이야기로 들려준다. 『살인자의 기억법』은 알츠하이머에 걸린 연쇄살인범이 1인칭 주인공으로 등장하여 기억에서 사라져가는 '살인의 추억'을 회상 조로 들려주는 소설이다. 연쇄살인범이 이렇게나 지적이고 철학적이어도 될까 싶을 정도로 기억과 소멸, 삶의 의미에 대한 경구들로 가득하나. 존속살인을 저지르고 여러 여성들을 살해한 주인공 살인범은 취미로 시를 쓰고, 금강경과 반야심경을 즐겨 읽고, 심지어 오디세우스나 오이디푸스 왕의 생애와 자신의 삶을 비교하여 성찰하기도 한다. 그가 매번 살인을 저지르는 이유는, 악행의 쾌감을 통해 자신이 삶의 주인이라는, '악마적 자아의 자율성'을 추구하기 때문이다.

하지만 김영하 소설가도 살인자의 내면을 추체험하기가 처음에는 쉽지 않았던 것 같다. 소설의 진도가 나가지 않아 애를 먹었고, 하루에 한두 문장밖에 쓰지 못한 날들이 많았다고 '작가의 말'에서 고충을 토로한다.

최근 발간된 정유정의 『종의 기원』역시 '포식자'로 불리는 사이코패스의 내면을 1인칭 주인공 시점으로 파헤친 소설이다. 김영하가 스스로 살인자의 내면으로 들어가 '천천히 받아 적기' 했듯이, 정유정 역시 힘든 노력 끝에 '객체가 아닌 주체'로서 소설의 주인공과 동화될 수 있었다고, '작가의 말'에서 털어놓는다. 김영하의 소설이 그러하듯이, 『종의 기원』역시 찜찜하고 꺼림칙하며 불편한 소설이다. 최근 우리 사회에서 발생한 여성 살해사건들이 환기되는 까닭에 일견 평범해 보이는 대학생 청년이 가족을 살해한 후 여성혐오 살인자로 변모하는 과정을 읽는 일은 유쾌한 독서 경험이 아니다.

하지만 두 소설 모두 일단 독서를 시작하면 좀처럼 손에서 떼어놓을 수 없다. 죄의식이 없는 연쇄살인범의 내면을 내가 왜 이해해야 하는가, 하는 의구심을 품고 소설을 읽다 보면, 흉측한 괴물로만 여겼던 주인공에게 문득문득 공감하는 순간들이 찾아온다. 사이코패스가 자신의 의지와는 무관하게 '태어나는' 존재라고 한다면, 이들이야말로 가해자인 동시에 피해자가 아닐까, 소수자가 아닐까 하는 의문도 든다. 독자로서 느끼는 이 모든 감정의 소용돌이와 혼란의 순간이야말로, 세상 사람들이 비난하는 주인공을 기꺼이 인간의 한 부류로 받아들이고 묘사한 작가의 노력이 짧은 순간이나마 결실을 맺는 시간일 것이다.

예술가는 아무도 가보지 않은 세계를 여행한 후 자신의 그 간곡한 경험을 다시 사회로 가져와서 질문을 던지는 사람이다. 그리고 그 질문들은 평범한 이들이 대면하기엔 불편하기 짝이 없는 내용이 포함되어 있다. 하지만 이러한 예술가들의 노력으로 인해 인간 종(種)에 대한 우리의 이해의 폭이 아주 조금씩이나마 확장되고 있는 건 사실인 듯하다.

(2016.6.30.)

도스토옙스키와 함께 걷다

러시아의 상트페테르부르크를 다녀왔다. 김해공항을 출발하여 러시아로 향하는 비행기 안에서 도스토옙스키의 소설 『죄와 벌』을 다시 읽었다. 첫 문장을 읽는데 가슴이 쿵쿵 뛰었다. 이제 곧 소설의 배경 도시이자 집필지에 당도할 거라고 생각하자 책 속의 모든 문장들이 가슴에 새롭게 박혔다.

"7월 초 굉장히 무더울 때, 저녁 무렵에 한 청년이 S 골목의 세입자에게 빌려 쓰고 있는 골방에서 거리로 나와 왠지 망설이듯 천천히 K 다리 쪽으로 걸어갔다."

『죄와 벌』의 첫 문장에 등장하는 S 골목은 스톨랴르니 거리이고, K 다리는 고쿠시킨 다리이다. 여행안내 책자를 펼치면 소설의 배경이었던 센나야 광장과 고쿠시킨 다리뿐만 아니라, 라스콜니코프의 집, 소냐의 집, 전당포 노파의 집 등이 지도에 표시되어 있다.

도스토옙스키는 열여섯 살 무렵부터 수년 동안 상트페테르부르크에서 살았다. 이 도시에서 그는 첫 소설 『가난한 사람들』을 써서 작가로 데뷔했고, 최후의 대작 『카라마조프가의 형제들』을 집필했다. 하지만 도스토옙스키는 이곳에서 스무 번 이상이나 이사를 다니며 불안정하게 생활했다. 가난이 평생 그를 따라다녔고, 시베리아의 옴스크 감옥과 유형지에서 8년을 보내고 돌아온 후에도 끊임없이 도박 중독과 간질 발작에 시달렸다.

『죄와 벌』에 묘사된 1860년대의 상트페테르부르크는 음울하기 그지없다. 거리는 혼잡하고 갑갑하며 도처에 빈민들이 넘쳐난다. 푹푹 찌는 무더위에 사방에서 참을 수 없는 악취가 풍겨오고, 평일 대낮인데도 술 취한 사람들을 심심찮게 만날 수 있다. 그리고 무엇보다도 가난 때문에 학업을 중단한 후 끼니를 굶은 상태로 몽상에 빠져 거리를 배회하는 청년, 라스콜니코프가 살고 있다.

라스콜니코프의 가난과 우울과 몽상은 그를 섬망 상태에 이르게 하고, 급기야 그는 살인을 저지른다. 그가 살인을 저지른 이유는, 비범한 사람은 "어떤 장애물을 뛰어넘을 권리" 즉 살인마저 행할 권리를 갖는다고 믿는 왜곡된 초인사상 때문이었다. 그는 "아무 쓸모도 없고 더럽고 해롭기만 한 이(蝨)" 같은 전당포 노파를 죽인 건 잘못이 아니라고 생각한다. 가난에서 비롯된 출구 없는 절망은 라스콜니코프의 영혼과 이성을 마비시켰고, 그를 병적인 심리 상태로 이끌었다.

소설에서 빠져나와 21세기의 상트페테르부르크 거리를

걷는다. 도스토옙스키가 산책하며 머리를 식혔던 네바강을 바라본다. 넵스키 대로를 벗어나 메트로를 타고 쿠즈네치니 5번가로 향한다. '도스토옙스키 박물관'으로 불리는 이곳은 작가가 1878년부터 숨을 거두었던 1881년까지 가족과 함께 살았던 집이다. 서재의 창가 테이블에 8시 38분에 바늘이 멈춰진 시계가 놓여 있다. 1881년 1월 28일 8시 38분, 도스토옙스키는 아내에게 성경 구절을 읽어달라고 부탁한 후 서재의 소파에서 숨을 거두었다.

도스토옙스키는 '실천적 사랑'이 궁극적으로 인간을 구원한다고 믿었다. "나는 존재한다. 고로 사랑한다."가 그가 남긴 사랑론이었다. 인간의 욕망과 내면의 악을 거침없이 사색하고 묘사했던 작가의 종교적 귀의가 갑작스럽게 여겨지기도 한다. 하지만 그의 종교철학은 세계의 부조리에 맞서기 위해 그가 고심 끝에 선택한 대안이었다는 생각이 든다.

소녀의 발에 입을 맞춘 라스콜니코프도 이렇게 고백한다. "나는 당신에게 절을 한 것이 아니라 모든 인류의 고통 앞에 절을 한 거야." 인간 세계의 모순과 부조리를 종교적 힘에 기대어 넘어서려 했던 작가의 고뇌가 생생하게 느껴진다. (2017.9.14.)

기억과 망각을 이야기하다
-가즈오 이시구로의 소설

2017년에 노벨문학상을 수상한 일본계 영국작가 가즈오 이시구로의 소설에는 거의 예외 없이 일인칭 화자가 주인공으로 등장한다. 1982년에 발표한 첫 소설 『창백한 언덕풍경』의 에츠코, 『부유하는 세상의 화가』의 오노, 부커상 수상작인 『남아있는 나날』의 스티븐스, 『나를 보내지 마』의 캐시에 이르기까지. 2015년에 발표한 『파묻힌 거인』을 제외하면, 그의 소설에는 어김없이 일인칭 화자가 등장하여 개인적인 그리고 역사적인 시간과 기억 속으로 독자를 안내한다.

그런데 문제는 담담하고 나직하게 과거를 회상하는 이 주인공들이 신뢰할 수 없는 화자들이라는 점이다. 예를 들어 1948년부터 1950년까지의 일본 사회를 배경으로 하는 『부유하는 세상의 화가』의 오노는 은퇴한 화가이자 제2차 세계대전 중 아내와 아들을 잃은 인물이다. 그는 폭격으로 부서진 저택을 손보고 둘째 딸의 혼담이 성사되기를 바라는 선량한 노인으로 비쳐진다.

하지만 소설이 진행되면서 독자는 회고조로 이야기를 들려주는 주인공의 정체에 의심을 품게 된다. 왜냐하면 그는 의도적으로 어떤 기억을 망각하거나 왜곡하고, 일상의 사소한 사건도 자의적이고 독선적으로 해석하기 때문이다. 결국 독자는 소설이 끝날 무렵에야 그가 '한때 자랑스럽게 성취했던 바로 그 일'이 다름 아닌 중일전쟁을 앞두고 침략 전쟁을 독려하는 행위였다는 사실을 알게 된다. 그는 이른바 '중국 위기 캠페인'을 위해 선동적인 그림을 그렸고, 내무성 고문으로 활동하며 선전예술에 가담하지 않은 자신의 제자를 '비애국적인' 예술가로 지목하여 고초를 겪게 만들었다.

인생의 황혼기에 접어든 주인공이 과거를 회상하고, 그 과정에서 개인적 · 역사적 사건과 연루된 과오가 서서히 드러나는 건, 이시구로 소설에서 자주 나타나는 이야기 전개 방식이다. 1930년대와 1950년대의 영국을 배경으로 한 『남아있는 나날』의 스티븐스는 오랜 세월 동안 집사라는 역할에 최선을 다하며 살아온 충직한 인물이다. 하지만 오노가 그러했듯이 스티븐스 역시 제국주의 사상과 세계관을 철저히 내면화하여 그것의 실현을 위해 시간과 노력을 바친다. 스티븐스는 '오직 영국 민족만이' 집사의 품위를 지킬 수 있다고 믿으며, 집사로서의 품위('전문가적 실존')를 지키기 위해 사랑하는 여인('사적인 실존')마저 포기한다.

한 시대의 사상이나 가치관을 맹목적으로 받아들이고, 그것을 위해 자신의 모든 재능을 바친 한 개인이 뒤늦게 자신이 어리석었다는 걸 깨달았을 때 느끼는 환멸감. 그리고 환멸 이후에도 지속되는 삶. 이시구로의 소설이 독자를 안내하는 지점은 바로 이 미묘하고도 허망한 삶의 심연에 맞닥뜨린 인간의 실존 상황이다.

그런데 오노나 스티븐스 같은 주인공을 받아들이는 일에 독자는 때로 곤란을 겪기도 한다. 아마도 제국주의 침략에 희생된 우리의 역사가 떠오르기 때문이겠지만, 무엇보다도 주인공들이 시시각각 내비치는 자긍심과 성취감과 자기 합리화가 이들의 상황을 이해하는 데 자꾸만 걸림돌로 작용한다.

스웨덴 한림원은 이시구로의 소설이 "세계와 닿아 있다는 우리의 환상 아래의 심연"을 드러낸다고 밝혔다. 그동안 신봉했던 신념이나 가치관이 얼음장이 깨지듯 한순간에 발밑으로 사라질 때, 그리고 환멸 이후에도 삶이 변함없이 지속될 때, 당신이라면 과연 어떤 삶을 선택할 것인가 하고 그의 소설은 묻고 있다.

기억을 선택적으로 망각하려는 인간과 이를 일깨우려는 문학 사이의 긴장과 길항. 이시구로 소설의 매력적인 지점이자 힘이다. (2017.10.12.)

차학경!

　한동안 잊고 있었던 이름, 차학경(1951~1982)을 생각한다. 11월 5일은 그녀가 세상을 떠난 날이다. 얼마 전 차학경에 관해 학술 강연을 해달라는 요청을 받았다. '왜 지금 차학경을?' 하는 생각이 들었지만 예전에 발표했던 논문을 부랴부랴 다시 찾아서 읽었다.

　강연을 준비하면서 곧 깨달았다. 역사 속에서 말없이 죽어간 사람들을 위해 '말하려는 고통'을 감내했던 차학경이야말로 여전히 현재적 의미를 가진 인물이라는 것을. 장르의 경계를 넘나들며 불꽃같은 삶을 살았던 차학경은 오늘의 관점에서도 여전히 급진적이고 실험적인 예술가이다.

　불의의 사고로 서른한 살에 요절한 천재 예술가를 모교의 기념관에서는 어떻게 소개하고 있을까. 미 버클리 대학 미술관 홈페이지를 접속하면 '차학경 아카이브'를 둘러볼 수 있다. 온라인 아카이브에는 생전에 그녀가 전시하고 공연했던 설치 작품, 시, 영화와 비디오, 퍼포먼스, 책 등이 해설과 함께 연도별로 정리되어 있다.

『딕테』는 차학경의 예술품 중 유일하게 책의 형식으로 남은 작품이다. 그동안 다양한 장르에서 선보였던 예술적 기법들, 즉 단어의 분리와 재조합, 합성어 창조, 사진과 이미지 삽입, 여러 언어 사용, 의미의 모호성 등이 이 책에 이르러 집약적이고 심화된 형태로 나타난다. 또한 영어와 불어의 합성어로 이루어진 'Dictee'가 보여주듯이 지배 언어를 해체하거나 조합하여 자신만의 새로운 언어와 정체성을 만들어낸다.

"속에서 웅얼거린다. 웅얼웅얼한다. 속에는 말의 고통, 말하려는 고통이 있다. 그보다 더 큰 것. 더 거대한 것은 말하지 않으려는 고통이다… 속에서 곪아터진다. 상처, 액체, 먼지. 터트려야 한다. 비워내야 한다."

그동안 안에서 곪아 있다가 비로소 터져 나오기 시작한 역사와 말들에 대한 관심. 차학경의 『딕테』가 오늘날에도 현재성을 갖는 이유일 것이다.

『딕테』는 난해한 책의 대명사로 알려져 있다. 시, 산문, 자서전 등 각각 다른 문학 장르로 분류되기도 했다. 그러므로 책 전반에 걸쳐 등장하는 '말하는 여자(Diseuse)'를 추적하는 일은 『딕테』의 난해함을 푸는 하나의 열쇠가 될 수 있다.

"그녀는 타인들을 허용한다. 그녀 대신에. 타인들로 하여금 가득 채우도록 한다. 들끓게 한다. 모든 불모의 구멍이 부풀어 오르도록."

말하는 여자는 타인들의 이야기를 자신의 몸/영혼으로 불러들여 대신 전달하는 언어 예술가이다. 또한 말하는 여자는 쓰는 여자이기도 하다.

"나는 씁니다. 나는 당신에 대해 씁니다. 날마다. 여기에서. 쓰고 있지 않을 때는 쓰기에 대해 생각합니다. 구상합니다… 말 조각들. 깨진 돌 부스러기들."

『딕테』에 등장하는 여성 예술가는 시간 속에 묻힌 역사와 과거를 '발굴'하고 '회생'시키고자 한다. 그런데 그녀의 이런 행위는 불완전한 언어체계에 의존해야만 한다. 그녀의 말하기와 글쓰기가 매끈하고 유려한 문장이 아니라 파편화된 조각과 부스러기들로 표현되는 이유이다. 하지만 언어 예술가는 끝끝내 '죽은 혀' 즉 역사 속에서 말없이 죽어간 사람들을 대변해야 한다.

"죽은 낱말. 죽은 혀… 그녀로 하여금 발견하도록 하라. 기억을 회생시켜라. 말하는 여자로 하여금… 샘을 회생시키도록 하라."

묻힌 과거를 발굴하고 말 없는 사람들을 대변하라. 차학경이 이 시대를 살아가는 예술가와 시민들에게 들려주는 주문(呪文)이다. (2017.11.2.)

아름다운 소설

손홍규의 중편소설 「꿈을 꾸었다고 말했다」는 절망적인 현실을 살아가는 한 가족의 이야기이다. 이 소설은 2018년도 이상문학상을 수상했다. 작품론에서 김형중 평론가가 이 소설을 죽음과 상실이라는 키워드로 해석한 후, 작가가 '가혹한 우울의 상태'에 빠져 있다고 염려하는 것도 무리가 아니다. 작가를 인터뷰한 여러 언론들 역시 이 소설을 '암울한 절망의 비가'라고 평가하고 있다.

무엇이 이 소설을 비극적 작품으로 읽히게 했을까? 아마도 이런 내용 때문일 것이다. 가난한 남편은 가족과 대화하는 법을 알지 못한다. 그는 감정과 생각을 말로 표현할 줄 모르는 가부장적 남편이다. 아내는 그런 남편에게 분노하고 있다. 그녀는 병원 급식 조리원으로 일하지만 집에서는 더 이상 요리를 하지 않는다. 아들은 일터에서 부당한 대우를 받고 아버지에게 폭행당한 후 잠적한 상태다. 딸은 더러운 원룸에서 무방비 상태로 살아가면서 누구에게인지 모를 원망을 품고 있다. 이쯤 되면 가정의 붕괴와 폭력에 관한 이야기, 혹은 절망과 실패에 관한 서사료 읽히는 게 당연하다.

그런데 수상집에 실린 산문 「절망한 사람」에서 작가가 언급했듯이, 절망은 곧 사랑의 다른 이름이다. "무언가에 깊이 절망한 사람은 그 무언가를 깊이 사랑하는 사람"인 것이다.

예를 들어 이런 것이다. 아들의 뺨을 거듭 때리는 순간, 아버지는 자신이 이룩한 모든 것이 무너지고 있음을 알고 있다. 또한 그는 농성 중인 아내를 찾으러 갔다가 용역 깡패들에게 폭행당한 후에도 아내의 곁을 묵묵히 지킨다. 그는 거리에서 피 흘리며 쓰러진 낯선 청년을 그냥 지나치지 못하고 병원으로 업고 가는 심성의 소유자인 것이다. 아내 역시 비슷한 성정을 지녔다. 그녀는 외주 업체 소속이면서도 원청인 병원 측 노동자들의 파업에 동참하고 있다. 가장 놀라운 건 성폭력을 당한 젊은 영양사를 보호하기 위해 그녀가 기꺼이 자신을 추문의 주인공으로 만들어버린다는 사실이다.

그러니까 소설 속 주인공들은 비루하면서도 숭고하고, 저열하면서도 동시에 성스러운 면모를 지닌 인간들이다. 가족을 거부하고 증오하면서도 동시에 가슴 깊이 사랑하는 사람들이다. 돈과 불평등한 제도에 짓눌려 본래의 심성이 비틀리긴 했지만, 우리가 그러하듯이, 이들 역시 오묘하고도 신비로운 존재자들이다. 그러하기에 깊은 절망 속에서도 행인을 구하고, 파업에 동참하고, 불운한 처지의 누군가를 돕는다.

작가의 산문집『다정한 편견』에는 작가가 얼마나 '사람'에게 경외심을 갖고 있는지 잘 나타나 있다. 서로 싸우거나 드잡이하고, 악다구니를 쏟아내고, 때로 비통한 울음을 토하는 소음마저 작가는 '사람의 소리'라는 이유만으로 사랑한다. 모든 사람의 소리는 결코 소음이 될 수 없다는 것이다. 그리고는 이렇게 말한다. "그대의 그림자는 어둡지 않다. 사람이란 그늘마저 눈부신 존재이므로."

손홍규의 중편소설「꿈을 꾸었다고 말했다」는 죽음과 상실과 절망에 관한 소설이 아니다. 그보다는 인간의 조건을 품고 사는 우리네 인생을 위해 작가가 언어로 지어 올리는 헌사이다. 인간의 그늘마저 아름답다고 믿는 작가는 소설을 통해 절망을 말하려는 게 아니었을 테니까. 산문「절망한 사람」은 절망으로써 삶에 바짝 다가간 사람, 즉 작가의 아버지를 위한 헌사였을 테니까.

문학은 그리고 소설은 어떻게 본질에게 다가가는가? 은폐된 것들이 드러나는 '존재의 집'인 언어는 과연 어떤 형상으로 존재자를 나타내는가? 모든 인간은 존엄하다. 그리고 삶이 성스러워지는 순간은 도처에 있다. 소설이 아름다워지는 순간이다. (2018.2.22.)

그대의 고운 머릿결을
떠올리니

월드컵이 막을 내린 지 며칠이 지났지만 이곳 크로아티아는 여전히 월드컵의 환희와 감격에 휩싸여 있다. 거리 곳곳에 국기가 펄럭이고, 빨강과 흰색의 체크무늬 유니폼을 입고 생활하는 사람들이 많다. 국가대표 축구팀이 귀국한 7월 16일에는 자그레브의 반 옐라치치 광장을 중심으로 약 10만여 명의 인파가 모여들었다. 지붕이 개방된 버스를 타고 자그레브 시가지를 행진하는 축구선수들의 모습이 하루 종일 TV로 방영되었다.

크로아티아에 도착한 건 월드컵 결승전을 하루 앞둔 저녁이었다. 버스를 타고 슬로베니아·크로아티아의 국경 검문소를 통과해 숙소로 향하는데 외벽에 총탄 자국이 난 빈 건물들이 눈에 띄었다. 지난 1991년부터 1995년 사이에 발생한 내전 때 피해를 입은 건물들이라고 했다. 크로아티아에 머물렀던 지난 며칠 동안 총탄 자국이 선명한 건물을 심심찮게 볼 수 있었다.

오랜 세월 동안 외세의 침략과 지배를 받아온 크로아티아는 1991년에 구 유고슬라비아 연방에서 분리하여 독립했다. 하지만 독립 과정에서 세르비아인들과 정부군 간에 내전이 발생했고, 이를 빌미삼아 세르비아공화국이 주도한 연방군대가 전쟁에 개입했다. 크로아티아 독립전쟁이라고도 불리는 이 내전은 수만 명의 희생자를 낳았고 전국의 주요 건물들이 폭격에 의해 불타거나 무너졌다. 내전이 끝난 지 20여 년이 지났지만 전쟁의 참상을 고스란히 보여주는 현장들을 목격하자 숙연한 마음이 들었다.

월드컵 결승전이 열린 일요일 오후에는 아드리아해의 해안 도시 스플리트를 둘러보는 중이었다. 로마 황제 디오클레티아누스가 아름다운 풍광에 반해 궁전을 짓고 은퇴 후에 여생을 보낸 스플리트 역시 축제 분위기로 들썩이고 있었다.

결승전은 현지 시간으로 7월 15일 일요일 오후 5시에 열렸다. 경기 시간이 가까워지자 드넓은 디오클레티아누스 궁전이 한산해졌다. 미로처럼 뻗어 있는 골목길에 밀집한 약 200개의 상점과 카페와 음식점들이 하나씩 둘씩 문을 닫았다. 나선형 계단을 타고 올라가 시내를 조망할 수 있는 대성당의 종탑도 사전 예고 없이 출입문이 잠겼다. 관광객들은 성 안팎의 레스토랑으로, 현지인들은 성의 북문인 골든게이트 뒤편의 공원으로 모여들었다. 곧이어 대형 TV 스크린을 중심으로 열띤 응원가와 함성이 울려 퍼졌다.

여행지에서 만난 크로아티아인들은 월드컵의 결과에 대해 대체로 크게 기뻐했다. 결승전 다음 날 두브로브니크에서 만난 미니 밴 운전기사는 "졌지만 우리가 훨씬 잘했다. 볼 점유율이 67%였다"라며 자랑스러워했다. 그날 저녁 해변에서 만난 청년들 역시 어깨에 국기를 두르고 환호성을 지르며 뛰어다니며 행복해했다.

자그레브의 반 옐라치치 광장에 도착한 건 17일 화요일이었다. 성 마르코 교회를 둘러보고 광장으로 내려오는 길에 크로아티아 현대 문학의 거장 안툰 구스타브 마토스(1873~1914)의 동상을 만났다. 크로아티아가 오스트리아·헝가리 제국의 일부였던 시절에 살았던 마토스는 징병을 피해 외국으로 떠돌다가 13년여 만에 꿈에 그리던 자그레브로 돌아왔다. 알루미늄으로 제작된 그의 좌상은 생전에 그가 가장 좋아했던 장소인 업타운 짐나지움 고등학교 앞 벤치에 설치되어 있다.

"그대의 고운 머릿결을 떠올리니/내 이마엔 주름이 그려지네요." 마토스가 노래한 '그대'는 시인이 평생 사랑하고 그리워했던 나라, 크로아티아였다. 역사적으로 숱한 외세의 침략과 내전을 겪은 나라. 월드컵의 격정을 품은 크로아티아는 지금 스스로를 격려하고 위로하는 시간을 갖고 있는 듯하다. (2018.7.19.)

요산 소설을
낭독하는 시간

제21회 요산문학축전이 이번 주 토요일에 폐막식을 맞이한다. 지난 며칠 동안 때론 흥겹고 때론 진지했던 분위기 속에서 문학과 예술의 정취를 마음껏 느낄 수 있었다.

올해 새롭게 신설된 축전 행사로 '요산 김정한 소설 낭독대회'가 있었다. 작가들끼리 행사를 분담하다 보니 기획 단계에서부터 내가 낭독대회를 담당하게 되었다. 첫 행사이니만큼 시민들의 참가율이 가장 염려스러웠다. 하지만 예상과 달리 치열한 예선이 펼쳐졌고, 최종적으로 열한 개 팀이 본선에 올랐다. 지난 월요일, 서면에서 열린 낭독대회 본선은 흥겹고 감동적인 요산 문학의 향연장이었다. 최연소로 참가한 중3 여학생에서부터 고등학생, 대학생, 회사원, 독서 소모임 회원 등 다양한 시민들이 요산 소설을 낭독하며 그 의미를 되새기는 시간을 가졌다.

낭독 작품들도 매우 다채로웠다. 요산 선생의 대표작이라고 할 수 있는 「모래톱 이야기」와 「사하촌」에서부터 비교적 덜 알려진 「과정」, 「굴살이」 그리고 선생의 마지막 발표작인 「슬픈 해후」까지, 다양한 작품 속 주인공들이 시공간을 뛰어넘어 생생한 인물로 무대 위에서 재현되었다.

예선과 본선을 통틀어 참가자들에게 가장 인기 있었던 작품은 단연 「모래톱 이야기」였다. 낙동강 하류의 모래톱 '조마이섬'에 살면서 나룻배로 강을 건너 통학하는 중학생 건우와 그의 가족, 그리고 조상 대대로 살아왔지만 "소유자가 도깨비처럼 뒤바뀌고" 있는 현실에서 삶의 터전을 빼앗기지 않으려고 분투하는 사람들의 이야기에 많은 독자들이 공감하는 것 같았다. 한 참가자는 시대와 상황은 바뀌었지만 힘없고 소외된 사람들의 형편은 예나 지금이나 달라지지 않았다고 말했다. 또 다른 대학생 참가자는 이 시대를 살아가는 20대 청년으로서 "소설 속 건우의 노트가 되고 싶다"고 말했다.

잘 알려져 있지 않은 단편 「굴살이」를 낭독한 건 앳된 얼굴의 여중생이었다. 교과서나 참고서에도 나오지 않는 작품을 어찌 알았는지 궁금했는데, "김정한 소설 전집을 쭉 보다가 그냥 끌려서"라는 간단한 설명을 들었다. 아기와 함께 살아갈 방 한 칸이 없어서 땅굴에 살고 있는 여인 '밤순이'의 애달픈 사연을 중학생 소녀가 낭랑한 목소리로 낭송했다. '자기 땅이 없는 사람들' 혹은 법 앞에서 싸울 수 없는 '약한 백성들'의 아픈 삶의 굴곡이 카랑카랑한 소녀의 목소리에 실려 울려 퍼졌다.

그날 행사에서 가장 주목받은 이는 대상을 수상한 백양 고등학교의 이진희 학생이었다. 현장 예선에서 인상적인 낭독으로 심사위원들을 깜짝 놀라게 했던 그는 본선에서도 효과음을 직접 제작해서 사용하는 열정을 보여주었다. 그가 낭독한 「과정」은 요산 선생이 1967년에 발표한 단편소설이다. 올해 요산문학축전의 표어인 "민족의 통일, 그것은 명령입니다!"라는 문구가 이 작품에 실려 있다. 통일이라는 단어를 공개적으로 언급하기만 해도 시국 사범으로 몰리던 시절, 「과정」의 주인공 허 교수는 대중 강연에서 "언어의 통일, 민족의 통일 그것은 피의 요굽니다! 명령입니다!"라고 외쳤고 국가보안법 위반으로 수감되었다. 시민들 가슴 속에 흐르는 민족의식을 일깨워 통일의 당위성을 설파한 것이었지만 당시에는 이러한 사고와 표현조차 법으로 금지된 엄혹한 시절이었다.

늦가을 저녁, 시민들이 새롭게 해석하여 입체적으로 들려주는 요산 소설의 장면들은 사뭇 감동적이었다. 깡마른 외모에 기개 있는 허 교수를 꼭 닮은 요산 선생의 목소리가 무대 어디선가 들려올 것 같은 시간이었다. (2018.11.1.)

추리문학의 밤

"고독한 한국의 추리문학… 만일 이 조그만 행사라도 없다면 촛불마저 꺼진 채 추리문학은 캄캄한 어둠 속에 침몰하고 말리라."

지난주 제27회 '추리문학의 밤'이 해운대에 위치한 추리문학관에서 열렸다. 초대장에 적힌 문구대로 한국 추리문학의 현실은 어둡다. '추리문학의 밤'이라는 행사명이 중의적으로 해석될 정도이다. 하지만 그렇다고 해서 국내에서 추리소설이 인기가 없는 건 아니다. 미국의 존 그리샴, 댄 브라운 등이 여전히 환영받고 있고, 히가시노 게이고, 미야베 미유키 등의 일본 작가들은 한국 서점가를 점령한 지 오래다. 『용의자 X의 헌신』, 『나미야 잡화점의 기적』 등에서 경험한 감동과 재미를 떠올린다면 추리문학은 지금 어둠의 시대를 지나고 있는 게 아니다. 한국의 추리문학이 그렇다는 것이다.

그런데 일본 추리소설은 어떤 경로를 거쳐 오늘날의 수준과 위상에 도달한 걸까? 행사장에서 박광규 평론가의 '추리소설의 왕국 일본'이라는 강의를 경청한 후 비로소 의문이 해소되었다. 최초의 창작 추리소설인 스도 난스이의 『살인범』(1888년) 이후 130년이 흐르는 동안 일본은 체계적이고 지속적으로 추리소설 신인작가를 발굴하고 육성해왔다.

1920년에 창간된 탐정소설 전문 잡지 〈신청년〉을 비롯한 잡지들, 1947년에 창설되어 오늘날에 이르는 일본추리작가협회의 활동, 그리고 매년 7~8종에 이르는 신인공모전 개최 등등. 히가시노 게이고가 '에도가와 란포상'과 '일본추리작가협회상'을 수상하며 주목받기 시작한 것만 봐도 일본의 작가 지원 시스템이 성공했다는 사실을 알 수 있다. 작년에 일본에서 창작 추리소설 600여 종을 포함해 1,000여 종의 추리소설이 출간되었다는 사실도 그저 놀라울 따름이다.

염건령 한국범죄학연구소 소장은 생생한 현장 언어로 ("이놈들은 이런 식으로 상대방을 돌돌 말아버려요.") 사이코패스의 특징에 관해 내부자의 통찰력을 보여주었다. '추리문학 속의 범죄와 실제 범죄의 차이'라는 강의를 듣고서 그동안 영화나 드라마에서 봤던 사이코패스의 행동이 과장되었다는 걸 알게 되었다. 만약 강연을 듣지 않았다면, 영화 〈브이아이피〉에서 히죽거렸던 배우 이종석의 표정 연기가 영화적 과장이라는 사실을 알 수 없었을 것이다.

조동신 추리작가는 '동요 살인'이라는 추리문학의 전통적 창작기법에 대해 알려주었다. 동요 가사의 내용대로 살인사건이 발생하는 '동요 살인'은 추리소설의 여왕, 애거사 크리스티가 즐겨 사용한 기법이었다 『그리고 아무도 없었다』 그리고 중편소설 「쥐덫」에서 일어난 살인사건이 바로 동요집 『마더구스의 노래』의 노랫말에 나오는 사건들이다.

그날 행사의 하이라이트는 누가 뭐래도 연극 〈도스토옙스키와 톨스토이〉였다. 러시아의 두 문호가 상트페테르부르크에서 만나서 교류한다는 허구적 내용을 담은 이 연극은 김성종 작가가 극본을 쓰고 연출했고, 무대 위의 해설자로 등장했다.

한국 추리문학의 토양을 마련한 김내성(1909~1957) 이후 1980년대의 전성기를 지나는 동안 국내 추리문학의 위상은 초라하게 변모했다. 오랜 세월 동안 한국 현대 추리소설의 역사를 이끌고 있는 김성종과 추리문학관이 있을 뿐이다. 하지만 소재와 기법을 변주하며 고유한 영역을 개척한 작가들이 없는 건 아니다. 김탁환, 이정명, 오세영 등의 역사 추리소설, 그리고 법정 추리소설의 매력을 선사하는 도진기 작가의 최근 작품들도 흥미롭다. 1983년에 발족한 한국추리작가협회가 여전히 건재하는 것도 고무적이다. 김성종을 극복하고 뛰어넘는 추리작가들의 출현을 기대한다. (2018.12.13.)

결혼 제도를 심문하다

　　윤이형의 중편소설 「그들의 첫 번째와 두 번째 고양이」는 결혼 제도를 마침내 탈출한 한 남녀의 이야기를 다루고 있다. '마침내' 그리고 '탈출'이라고 표현한 이유는, 이 남녀가 분노와 절망 속에서 결혼 생활을 지속하다가 마침내 제도 자체를 벗어남으로써 문제의 해결책을 찾았기 때문이다.

　　남녀가 결혼하여 아이를 낳아 기르는 동안 꿈을 잃어버리고 서로를 미워하다가 이혼하는 것. 어딘지 흔하고 익숙해 보이는 서사이다. 그런데 소설은 이러한 파국이 남편이나 아내, 즉 개인의 잘못이 아니라는 사실을 일깨워준다. 육아와 생활비를 해결하기 위해 부부는 각자 최선을 다했다. 그런데도 두 사람은 한없이 불행하다. 그러므로 아내인 희은이 남편에게 보낸 편지에서 썼듯이 "우리가 미워해야 하는 것은 서로가 아니고 제도"이다.

　　꿈을 좇아 자유롭게 살고자 했던 희은과 정민이 결혼을 선택한 건 임신과 육아 때문이었다. 결혼이라는 제도에 속하지 않으면 아이를 낳아서 기를 방법이 막막했던 것이다. 하지만 결혼 후의 현실은 녹록지 않다. 누군가는 아이를 전적으로 맡아 돌보며 꿈을 포기해야 한다. 이 소설에서 돌봄 노동에 능숙한 사람은 남편인 정민이었다. 그는 교사가 되려는 희망을 포기하고 육아를 하면서 이런저런 아르바이트를 전전한다.

'나'를 잃어버리고 살아가던 남편은 어느 날 일기장에 글을 남긴다. 꿈도, 사랑도, 미래도 없으며 남은 건 의무뿐이라고. 죽고 싶은데 죽을 수도 없으니 모두를 없애고 자신도 죽고 싶다고. 남편으로서는 언제 썼는지 기억하지도 못하는 문장이었다. 그런데 하필이면 불안증에 시달리는 아내가 그걸 발견하고 피해망상증 증세를 보이기 시작한다.

남편이 육아에 전념하고 아내는 사회 활동에 시간을 더 할애한다는 소설의 설정은, 가정 내의 성 역할이 바뀐다고 해도 부부가 처한 곤경은 달라지지 않는다는 걸 보여준다. 두 사람 중 누군가는 양육을 떠안고 다른 사람은 경제적인 책임을 져야 하는 구조인 것이다. 그렇다면 문제의 해답을 제도 안에서 찾을 게 아니라 제도 자체의 정당성을 의심해볼 만하다. 사랑하는 커플이 아이를 기르는 데 있어서 결혼 이외의 선택지는 과연 없는 것인지 질문해볼 필요가 있는 것이다.

아이를 키우면서도 자기다움을 잃어버리지 않는 방법은 없을까? 아이에게는 사랑과 안정이 주어지고 양육자에게는 인간다움이 보장되는 그런 묘안이?

소설의 결말에 등장하는 공동육아 프로젝트 실험은 아마도 작가가 고안한 하나의 대안일 것이다. 양육과 결혼을 분리하고, 돌봄 노동은 사회 구성원이 함께 참여하며, 경제적 지원은 국가가 맡아서 하는 양육 모델. 현재 북유럽 국가들에서 시행되는 복지제도를 떠올려 본다면, 터무니없이 비현실적인 방법만은 아니다. 소설에서 언급된 생활동반자법이나 비혼자를 위한 주택 정책 시행 등이 출발점이 될 수 있을 것이다.

소설 속 희은이 존재의 유한성을 깨닫고 삶의 방향을 바꾸게 되는 계기는 키우던 반려묘의 죽음 때문이었다. 가족이나 친구, 친척이 아니라 고양이의 죽음이 한 인간에게 각성의 계기를 마련해준다. 사람이 아니라 반려동물에게서 삶과 죽음의 의미를 배우고, 기성세대가 그동안 당연하게 여기며 인내했던 제도에 의문을 던지고 심문하는 이야기이다.

2019년도 이상문학상을 수상한 윤이형의 중편소설 「그들의 첫 번째와 두 번째 고양이」는 결혼제도를 심판대에 세우고 유죄를 선언한 소설이다. 문학이, 여전히, 현실에 개입하여 사유의 방식과 대안을 제시할 수 있다는 사실을 보여주고 있다. (2019.2.14.)

사르트르와 카뮈의
묘소를 찾아서

프랑스 여행을 앞두고 오래전에 읽었던 사르트르와 카뮈의 책을 가방에 챙겨 넣었다. 이번 여행에서 드디어 두 사람의 묘소를 방문하기로 마음먹었기 때문이었다. 생전에도 그리고 사후에도, 두 사람은 여러모로 서로 비교되는 인물이었다. 둘다 당대의 사회 정치적 현실에 뜨겁게 개입한 행동가였고, 20세기 서구 지성계의 대표적인 실존주의자들이었다.

파리의 유복한 가정에서 태어난 사르트르는 외할아버지의 서재에서 독서와 글쓰기에 몰두하며 천재 문학 소년으로 성장했다. 반면에 카뮈는 알제리의 지독한 가난과 청각장애인 어머니 슬하에서 자랐다. 이후 사르트르가 안정적인 교사 직업을 유지하며 활동했던 것과 달리 카뮈는 "진정한 삶"을 살기 위해서 교사직을 거부하고 불안정한 삶을 선택했다.

두 사람 모두 당대의 지식인들에게 큰 영향을 끼쳤던 사회주의와 공산주의 활동을 했다. 또한 제2차 세계대전 기간에는 레지스탕스 운동에 참여했다. 둘 다 노벨문학상에 선정

되었다. 카뮈는 1957년, 사르트르는 1964년도 수상자였다. 내내 형편이 어려웠던 카뮈는 노벨문학상 상금을 받아 남프랑스의 루르마랭 마을에 주택을 샀고 생활의 안정을 찾았다. 하지만 사르트르는 노벨문학상 제도의 편파성을 이유로 수상의 영광과 상금을 모두 거절했다.

생전에 두 사람은 돈독한 우정을 쌓고 협력 관계를 유지했다. 서로의 책에 대해 서평을 써 주고, 사르트르의 희곡을 카뮈가 연출하거나 직접 배우로 출연하는 식이었다. 하지만 둘의 관계는 카뮈가 철학 에세이 『반항하는 인간』을 출간한 이후 영영 틀어져 버린다.

책에 담긴 폭력과 마르크시즘에 대한 견해 차이로 시작된 두 사람의 논쟁은 사적인 공격으로까지 이어졌다. 사르트르는 카뮈의 "음침한 자기도취와 취약함"에 대해 공개적으로 썼고, 까뮈 역시 "부르주아 지성인들의 위선"에 대해 비판했다. 이후 두 사람은 1960년에 카뮈가 교통사고로 사망할 때까지 서로 얼굴을 마주하지 않았다.

파리 14구에 위치한 몽파르나스 묘지에 사르트르와 보부아르의 합장묘가 있었다. 메트로 지하철을 갈아타고 라스페일역에 도착해서 출구로 나오니 2차선 가로수길 옆으로 드넓은 공원묘지가 펼쳐졌다. 이 유명한 커플의 묘를 찾는 건 쉬웠다. 수많은 방문객들이 놓고 간 꽃다발과 화분들, 열차표와 버스표들, 그리고 무엇보다도 묘석을 빼곡히 뒤덮은 다양한 색깔의 키스 마크들이 멀리서도 눈길을 끌었다.

묘지 앞 벤치에 앉아 있는 동안 여러 방문객들이 다녀갔다. 안내 지도와 화려한 외관 덕분에 방문객들은 곧장 묘소를 찾아와 경의를 표한 후 자리를 떴다. 몽파르나스 묘지의 최고 인기는 단연 이 커플의 합장묘가 차지하고 있었다.

카뮈의 묘소가 있는 남프랑스의 루르마랭에 가기 위해서는 고속열차 테제베와 렌터카를 번갈아 이용해야 했다. 작은 산촌일 거라고 여겼던 루르마랭은 생각보다 규모가 컸고 아름다웠다. 그가 노벨문학상 상금으로 샀다는 주택에는 현재 따님이 살고 있고 가족들이 '조용히 살아가길 원해서' 대중에게는 공개되지 않는다고, 마을 안내소의 직원이 설명했다. 어딘가에 그의 주택이 있는 골목길, '알베르 카뮈가(街)'를 걸으며 아쉬움을 달랬다.

마을에서 벗어나 도로를 따라 10여 분 동안 걸으니 마을 공동묘지가 나타났다. 카뮈와 그 옆에 나란히 놓인 부인의 묘소를 본 순간 가슴이 서늘해졌다. 잘 단장된 주변 묘소들에 비해 외관이 지나치게 초라했다. 하지만 카뮈의 묘석 아래에는 방문객들이 남긴 애정 어린 쪽지들이 쌓여 있었다. 나 역시 묘비 앞에 쭈그리고 앉아 쪽지를 썼다. 당신의 문학 혼을 기리며! (2019.9.5.)

부산국제영화제에서
만난 이창래

올해 부산국제영화제에서 웨인 왕 감독이 선보인 〈커밍 홈 어게인〉은 한국계 미국인 소설가 이창래의 에세이를 원작으로 한 영화이다. 맨 처음 이 소식을 들었을 때, 그러니까 이창래가 1995년 10월 〈뉴요커〉에 발표한 글이 영화화됐다는 뉴스를 접했을 때 다소 의아한 생각이 들었다. 왜 그의 소설이 아니라 에세이를? 하는 의문이었다.

한국계 미국인의 정체성과 소외 의식을 다룬 아름다운 데뷔작 『네이티브 스피커』 이후 이창래는 꾸준히 문제작을 발표해오고 있다. 일제강점기 '위안부' 소녀의 삶이 등장하는 『제스처 라이프』, 미국인 중산층 가족의 일상을 파헤친 『가족』, 한국전쟁에 관한 풍부하고 통렬한 시각을 제시한 『생존자』, 미래의 가상현실을 배경으로 한 독특한 분위기의 『만조의 바다 위에서』에 이르기까지 그의 소설들은 영화의 원작으로 삼기에 넘치는 매력들을 품고 있다.

지난 6일 첫 상영된 〈커밍 홈 어게인〉에서 웨인 왕 감독은

이 영화를 만들게 된 배경을 영상 메시지로 전했다. 암 투병 중인 어머니를 보살피는 이들에 관한 에세이가 감독의 가슴에 오랫동안 남아 있었고, 지난 2014년 감독의 어머니가 파킨슨병으로 세상을 떠난 후 더욱 공감하게 되었다는 것이다. 지난해에 감독은 '친구'인 이창래를 만나 영화를 만들기로 의기투합했고, 시나리오를 함께 썼다. 그런데 이 영화가 투자자를 모을 수 있는 내용은 아니라서 '공동체'의 자원으로 제작했다. 배우들의 즉흥 연기에 의존한 저예산 영화는 이렇게 해서 단 2주 만에 촬영을 마치게 되었다.

영화를 관람한 후 아쉬운 마음이 드는 건 어쩔 수 없었다. 감독이 한 인터뷰에서 밝혔듯이 이 영화가 "자본의 간섭을 덜 받는 독립영화 형태"로 제작되었다는 사정을 감안하고서라도 그랬다. 이창래의 에세이를 읽으며 떠올렸던 풍부한 의미들과 먹먹한 감동을 (제작 여건 때문이었겠지만) 스크린에서는 충분히 느낄 수 없었다.

예를 들어 어머니가 어린 아들에게 은행에 대신 전화를 걸어 달라고 부탁하는 장면은 모자 간 갈등의 중요한 축을 보여준다. 미국에서 교육받는 어린 아들의 눈에는 영어도 못 하고 한국식 생활방식을 고집하는 어머니가 답답하고 부끄럽게 여겨지는 것이다. 가족 간의 이러한 세대 갈등은 미국의 이민 가정에서 흔히 일어나는 현상이다. 그러기에 이 장면은 영어에 서툰 어머니가 어린 아들에게 한국어로 부탁해야 한다. 하지만 영화 속 어머니는 매끈한 영어로 성인으로 분한 아들에게 전화를 걸어 달라고 부탁한다. 그러하기에 이어지는 아들의 독설과 어머니가 받은 마음의 상처, 그리고 세월이 흐른 후 이 일을 회상하며 아들이 느끼는 회한의 감정이 충분히 드러나지 못했다.

지지고 볶고 굽고 데치는 한국의 요리 역시 중요한 모티브가 된다. 어머니가 평생 만들어준 요리들을 이제 아들이 병든 어머니를 위해 요리하며 지난 시간을 회상하는 것이다. 음식에 관한 세심한 묘사와 일화들이 영화에서 축소되었다는 점이 아쉬웠다. 결국 어머니와 아들을 정서적으로 연결시키고 화해시키는 계기가 되는 건 바로 한국 음식들이다.

이창래가 어머니를 간호하던 영화 속 시간은 바로 작가가 데뷔작 『네이티브 스피커』를 준비하던 습작의 시간들이었다. 월스트리트의 전도유망한 펀드매니저 직업을 그만두고 집으로 돌아와 어머니를 돌보며 자신을 이루는 것들, 즉 한국계 미국인으로서의 정체성에 대해 사유하고 기록한 것이다. 이런 이유 하나만으로도 사실은, 이 영화가, 충분히 반가웠다. 영화 속 시간을 지난 후 작가는 자신만의 언어의 집, 문학의 집을 발견하게 되었으니까. 〈커밍 홈 어게인〉! (2019.10.10.)

우리 곁의 문학,
부산의 장소들

어떤 장소가 어느 날 불현듯 특별한 의미로 다가오는 때가 있다. 그건 아마도 그 장소와 연관된 기억 때문일 것인데 보통은 사랑이나 우정의 추억인 경우가 많다. 작가들이 기억하는 부산의 장소들 역시 그러하다. 이즈음, 작가들의 책을 읽으며 부산의 장소들을 새롭게 발견하는 재미가 쏠쏠하다.

지난해 가을부터 매달 첫 주를 제외한 토요일마다 부산 작가의 책을 라디오 프로그램에서 소개하고 있다. 덕분에 그동안 일상의 공간으로만 여겼던 부산의 장소들이 인상적인 문학 작품 속 그곳으로 기억되고 있다.

이불과 커튼을 샀던 부산진시장은 이제 손택수 시인의 시 「지게體」를 떠올리는 장소가 되었다. "부산진 시장에서 화물 전표 글씨는 아버지 전담이었다/초등학교를 중퇴한 아버지가 시장에서 대접을 받은 건/순전히 필체 하나 때문이었다" 시인은 지게꾼으로 일했던 아버지의 노동과 자신의 글쓰기 노동을 연결시키며 "이제는 지상에 없는 지게체"를 그리워하며 사부곡을 쓴다.

동래시장은 조향미 시인의 시 「비 오는 날 동래시장」과 함께 기억될 것이다. 시인이 노래한 것처럼 비 오는 날이면 "거대 담론 심각한 얘기 밀어놓고" 빗소리 들으면서 오랜 벗과 동래시장 좌판에 마주 앉아서 "곰장어 같은 것/빗방울 같은 것"에 대해 이야기하며 소주잔을 기울여도 좋을 것이다.

부산 토박이가 아니라서 잘 몰랐던 부산의 옛 풍경도 소설을 통해 자연스럽게 알게 되었다. 정우련 소설가의 단편소설 「말레 언니」를 읽은 후에야 예전에는 영도구에서 자갈치시장까지 통통배(똑딱선)를 타고 왕복했다는 사실을 알았다. 한정기 동화 작가가 『깡깡이』에서 묘사한 영도구의 옛 모습도 인상적이다. 지금은 깡깡이 예술마을로 단장된 대평동 골목길을 걷노라면, 깡깡이 일을 하며 다섯 남매를 키워낸 소설 속 정은이 어머니가 어디선가 나타날 것 같다. 수리조선소에서 하루 종일 낡은 배의 녹을 떼어내느라 걸을 때마다 몸에서 쇳가루가 떨어졌다는, 광부처럼 얼굴이 검은 그 '깡깡이 아지매'이다.

그동안 몰랐던 작가의 개인사를 산문집을 통해 비로소 알게 되는 경우도 있다. 작가의 허심탄회가 드러나는 산문집을 읽은 후에는 그의 소설을 좀 더 이해하게 된다. 이정임 소설가의 산문집 『산타가 쉬는 집』을 읽으면서 작가의 부모님이 연지동에서 30년 동안 '백미세탁소'를 운영했고 지난 2015년에 가게 문을 닫았다는 사실을 알게 되었다. 그의 신춘문예

당선작 「옷들이 꾸는 꿈」의 배경이 세탁소였다는 사실을 떠올리며 ㄲ개를 ㄲ덕였다.

부산 곳곳을 종횡무진 탐방하는 '길남씨'가 등장하는 배길남 소설가의 산문집 『하하하, 부산』에는 "발걸음을 멈추고 조금만 들여다보면 여기저기 얽힌 사연들이 한보따리씩 쏟아져" 나오는 부산 이야기들이 가득하다. 무엇보다도 그의 소설 원류이자 고향 동네인 옛 대연2동의 대연고개와 신정시장 일대에 얽힌 추억이 곡진하게 드러나 있다. 그의 단편소설 「썩은 다리-세 번의 웃음」에서 '포부대 특공대' 아이들이 담력 테스트를 하던 공사현장이 바로 오늘날 신연초등학교 터이다. 대연동과 우암동 사이의 포부대와 우룡산 사이에 자리 잡은 신연초등학교가 작가의 모교이다.

우리 곁의 문학, 부산의 장소들을 찾아서 집 밖으로 나서기에 좋은 계절이다. 소설 속 부산의 장소들을 총정리한 조갑상 소설가의 산문집 『이야기를 걷다』가 나침판이 될 수 있을 것이다. 먼 곳의 유명 관광지 대신에 동네를 산책하다가 나중에 작품까지 챙겨 읽으면 더할 나위 없겠다. 그동안 무심코 지나쳤던 장소가 다른 누군가에겐 세상의 중심지였다는 사실을 당신도 알게 될 테니까. (2020.7.16.)

고 윤정규 소설가를
기리다

생전에 윤정규 소설가(1937~2002)는 부산 문단에서 '윤두목'으로 불렸다. 시원스레 올백으로 넘긴 머리, 위풍당당한 풍채, 말쑥하고 화려한 옷차림, 투박한 부산 사투리. 액션 느와르 영화에 출연할 법한 외모의 그는 후배들 사이에서 두목으로 불리며 부산 문단을 열정적으로 이끌었다. 그가 활발하게 활동하던 시기, 특히 부산소설가협회가 창립되고 요산문학상 제정이 발의된 1982년 전후의 부산 문단 지형은 지금과는 사뭇 달랐다. 문단의 두 기둥인 요산 김정한, 향파 이주홍 선생이 굳건히 자리를 지키고 있었고, 윤정규, 최해군, 이규정 등 지금은 작고한 소설가들이 한창 전성기를 보내고 있었다.

최근 몇 달 동안 윤정규 소설가의 생애사와 작품을 정리하고 기록하는 '부산 예술인 아카이빙' 프로젝트에 참여하고 있다. 인터넷과 중고서점, 도서관 서가를 샅샅이 뒤지며 그동안 묻혀 있던 자료와 기발표작 원본들을 수집하고 있다. 작가가 생전에 출간한 7권의 소설책 이외에 다양한 매체에 발표한 단편과 장편소설(!)의 원본을 찾아서 확보하는 중이다. 이번 프로젝트를 계기로 작가의 작품들이 새롭게 조명받고 연구되기를 희망한다.

윤정규의 소설은 요산 선생의 문학적·정신적 계보를 이어받은 것으로 널리 평가받고 있다. 리얼리즘 세계관에 바탕을 둔 저항 의식과 자유 의지의 표출이야말로 요산 정신을 발전적으로 계승한 문학정신인 것이다. 생전에 두 사람은 사적인 친분 관계도 매우 돈독했다. 신태범 소설가의 최근 증언에 의하면 윤정규 작가는 수년 동안 거의 매일 요산 선생 댁에 들러 안부를 챙기며 "완전히 아들"로 살았다고 한다.

그런데 흔들림 없이 불의에 저항하는 요산의 등장인물에 비해 윤정규의 주인공들은 좀 더 갈등하며 고뇌하는 인간적인(?) 면모를 보인다. 예컨대 요산의 「축생도」, 「수라도」와 같은 시기에 발표된 윤정규의 「사족기행」(1968년), 「오욕의 강물」(1969년)에는 자유당 정권 시절에 정치깡패로 활동하며 권력과 부를 챙긴 인물들이 주인공으로 나온다. 전통적인 농촌마을에서 벌어지는 착취와 불평등을 묘파한 요산 소설과는 달리, 이 시기의 윤정규 소설은 부패한 정치세력과 적자생존 법칙이 지배하는 도시 현실에 주목하고 있다. 역사와 현실 세계를 비판한 두 작가의 공통된 주제 의식이 창작기법 면에서는 전혀 다른 배경, 인물 유형, 서술 기조 등으로 차별화되어 나타난다.

요산 선생의 「과정」에 등장하는 허 교수는 작가의 올곧은

발자취와 음성을 고스란히 떠올리게 하는 인물이다. 그런데 「과정」과 발표 시기가 같은 윤정규의 「이 에덴에서」(1967)에 나오는 홍성수는 끊임없이 흔들리고 갈등하며 외로움에 젖는 다. 그는 거액의 월급을 받지만 무의미한 무풍지대인 '에덴'에 서 살아가는 삶에 대해 회의한다. "善이 어디 있는지는 알 수 가 없었다. 그러나 진실을 찾아 몸부림치고 있는 인간이 살고 있는 범죄의 거리 속에 숨어 있는 것만은 확실했다." 이 소설 의 마지막 장면에서 "끔찍한 범죄와 혼란, 그리고 실의의 거 리"로 내려서며 선을 찾고자 하는 홍성수의 선택은 의미심장 하다. 홍성수는 폭력과 불의가 난무하는 도시에서 고군분투 하는 윤정규 소설의 원형적 인물이라고 여겨진다. 이 단편은 작가의 첫 창작집 『오욕의 강물』(1977년)에 첫 번째 수록작으 로 실려 있다.

한 작가를 기억하고 애도하는 방식은 저마다 곡진하고 애틋하다. 영상 인터뷰 도중에 신태범 소설가는 눈물을 훔 쳤고, 박정애 시인은 작가의 애창곡이었던 〈가거라 삼팔선〉 을 부르며 애통해했다. 작가는 무엇으로 기억되는가. 고 윤정 규 소설가의 생애와 작품을 되새기며 늦가을을 보내고 있다. (2020.11.12.)

지역 문학을
향유하는 시선들

　　다른 예술품과 마찬가지로 문학 역시 완성품이 되어 세상에 나오는 순간, 그 작품은 더 이상 작가 개인의 것이 아니다. 출판시장에 나온 작품은 다양한 독자들을 만나서 책이 갖는 운명, 즉 발터 벤야민이 의미하는 '사후의 삶'을 살게 되는 것이다. 저자의 의도가 무엇이었든, 그가 작품을 위해 어떤 힘겨운 노력을 기울였든, 독자가 그것을 일일이 헤아리고 살펴야 할 이유는 없다. 시간과 돈을 지불한 독자는 책을 마음껏 감상하고 소비하는 주체이자 향유자가 된다.

　　다행인지 불행인지 지역에서 활동하는 작가들이 일반 독자의 혹평을 받는 일은 매우 드물다. 만일 어떤 독자가 책값을 지불하고 지역 작가의 시집이나 소설책을 사서 꼼꼼히 읽었다면 그는 그 작가의 팬일 확률이 높기 때문이다. 베스트셀러도 아닌 책을 구매해서 정독했다는 사실 자체가 지극한 격려이자 응원 행위이다. 그렇다 보니 지역 작가의 작품에 대한 혹평은 주로 문단 내부 즉 동료 작가나 비평가로부터 비롯되는 경우가 많다.

작가가 동료의 작품에 대해 비판하는 건 대개 출간 이전에 이루어진다. 책 발간을 앞둔 저자가 동료 작가에게 초고를 보내 피드백을 달라고 요청하는 것이다. 그런데 출판을 앞둔 시기의 작가는 자주 불안하고 예민해진다. 그래서 동료의 감상평에도 촉각을 곤두세우고 민감하게 반응한다. 문우가 보내준 초고를 비판했다가 갈등을 겪은 경험이 내게도 있다. 시간이 지나고 보니 당시 출간을 앞둔 그 문우에게 필요했던 건 냉혹한 평가가 아니라 격려와 다독임이었다는 걸 알겠다. 지역에서 작품을 쓰는 작가의 희망과 절망의 심리적 롤러코스터를 이제는 이해할 수 있다.

문학평론가의 경우 작가의 작품을 평가하는 스펙트럼이 한층 자유롭고 광범위하다. 애매모호한 칭송으로 일관하는 이른바 '주례사 비평'에서부터 두꺼운 평론집 끝자락에 구색 맞추기 식으로 여러 작가의 작품들을 성급하게 재단하고 구분한 후 폄훼하는 비평도 있다. 두 경우 모두 '과연 이 작가의 작품(들)을 꼼꼼히 읽은 걸까?' 하는 의문이 든다. 그런데 만약 작가가 평론가의 글에 대해 비판이라도 할라치면 그건 논평이 아니라 불만으로 간주된다. 평론가가 아니라면 누구든 비평문을 논할 자격이나 능력이 부족하다고 예단하는 게 아닌가 싶다. 하지만 다른 모든 장르의 책이 그러하듯이 평론집 역시 향유의 주체는 독자이며 작가는 그중에서도 전문가 독자층에 속한다.

지역의 삶을 구체적이고 핍진하게 형상화한 작품은 인간과 세계의 보편적 삶의 양태를 효과적으로 보여준다. 이러한 견해는 이제 누구도 부인할 수 없는 문학 창작의 기본적이고 전통적인 규범이 되었다. 부산 소설의 경우 1970년대와 1980년대의 리얼리즘 소설이 이러한 전범 사례를 제시하고 있다. 요산 선생을 필두로 윤정규, 최해군, 이규정, 정형남 소설가가 리얼리즘에 천착하던 그 시대는 민주화에 대한 열망과 문학의 사회적 역할이라는 요구가 만나서 민족문학이 절정기를 누리던 시기였다.

지역 소설을 향해 부산 정신 혹은 부산의 맥을 되찾아달라고 요청하는 평론집을 최근에 읽었다. 여러 작가의 소설 세계를 한자리에서 논하기에는 분량이나 내용이 짧아서 아쉬웠다. 하지만 날이 갈수록 독자에게 외면당하는 지역 소설 시장이 이러한 논쟁적 화두를 계기로 다소나마 활성화되기를 바란다. 무엇보다도 지금의 부산 문학이 더욱 활달하고 다채로운 양상으로 뻗어나갔으면 좋겠다. 리얼리즘, 판타지, SF, 추리, 환상 등등 기법이 무엇이든 간에 작가 자신의 상상력과 열정이 이끄는 대로 따라가면 될 일이다. 누구나 자신의 취향과 방식대로 문학을 생산하거나 소비하며 향유할 수 있다.

(2020.12.10.)

6부
공존의 방식

"코로나19 사태는 연대와 공존의 중요성을 새삼 깨닫게 했다.
나 혼자 잘 먹고 잘살면 그만인 세상이 아닌 것이다."

진짜 공부

여름만큼 책 읽기에 적당한 계절이 또 있을까. 연일 폭염이 계속되는 나날에는 냉방이 잘된 도서관이나 카페, 서점을 찾는 사람들이 부쩍 많아진다. 나 역시 무더운 날에는 커피 한 잔 시켜놓고 카페에서 독서하며 시간을 보내는 날들이 많다. 여름이야말로 평소엔 엄두도 내지 못한 책을 읽기에 맞춤한 계절이다.

일명 '김영란법'을 입안한 김영란 전 대법관은 법조계 안팎에서 유명한 책벌레라고 한다. 『책 읽기의 쓸모』에서 그녀는 자신이 책 중독, 활자 중독에 가깝다고 고백하고 있다. 이 에세이집을 읽다 보면, 사회정의 측면에서 우리 역사에 큰 획을 긋게 한 '김영란법'이 바로 책 읽기, 그중에서도 특히 '쓸모 없는' 소설책 덕분에 탄생했다는 사실을 알게 된다.

『책 읽기의 쓸모』에 의하면 소설 읽기는 공감 능력을 향상하고 '문학적이기를 요구'하여 재판관이 '공평한 관찰자의 감정'을 갖도록 돕는다. 현실의 구체적 세목을 다루면서도 동시에 세계의 구조를 반영하는 문학 작품이, 인간 삶의 개별성과 보편성을 동시에 주목해야 하는 개판관으로의 가진을 키워준다는 것이다.

그런데 공부란 반드시 책 읽기를 통해서만 할 수 있는 게 아니다. 독서를 포함해 여행, 명상, 대화, 만남 등 어떤 방법으로든 공부할 수 있다. 이 책의 뒷날개에는 친절하게도 공부에 관한 정의가 적혀 있다. 요약하자면 공부란, '나와 세상에 대해 타인과 함께 고민하는 일, 그리고 그러한 과정을 표현하는 일'이다.

공부가 '먹물들'만의 영역이 아니라는 것, 그리고 그렇게 되어서는 절대 안 된다는 사실을 보여준 건 페터 바이스의 소설『저항의 미학』이었다. 김영란 전 대법관이 '쓸모없는 책 읽기의 쓸모'를 증명했다면, 페터 바이스는 보다 넓은 범위의 '공부의 쓸모'에 대해 설파한다. 사회 지도층이나 지식인이 아니라, 바로 노동자 계층이 왜 공부를 계속해야 하는가, 하는 이유를 보여준다.

『저항의 미학』에서 가장 인상적인 장면은, 공장노동자인 주인공 청년이 부모와 친구들, 그리고 친구의 부모와 부엌에 모여 토론하는 장면이다. 노동자인 이들은 하루의 일과, 즉 "납처럼 무거운 열두 시간 노동"이 끝나면 누군가의 부엌에 모인다. 이들의 토론 주제는 문학, 예술, 역사, 정치, 현실 등을 총망라한다. 한 사람이 질문하면 다 같이 고민하고 토론

한다.

예컨대 친구 어머니가 던진 질문은 이런 것이다. "그 모든 봉기와 반란에도 불구하고, 왜 우리는 언제나 다른 사람들의 발판으로 이용되곤 했는지, 왜 우리는 주체적인 권력의 수립에 언제나 실패했는지." 이 질문의 해답을 찾기 위해 주인공들은 공부한다. 회화를 감상하고, 책을 읽고, 문화 유적지를 방문한다. 그 결과 피카소의 〈게르니카〉, 카프카의 『성』, 독일의 페르가몬 신전 등은 노동자 청년의 시선과 관점에서 새롭게 해석되고 의미가 부여된다.

그런데 『저항의 미학』은 촘촘하고 어렵다. 수시로 독서를 멈추고, 세계사적 사건과 인물과 예술작품 등을 확인한 후 다시 줄거리로 돌아가야 한다. 폭염을 피해 찾아간 도서관이나 카페가 아니라면 읽기 힘들지도 모른다. 그래서 여름철에 읽어야 제격인 소설이다.

돈의 위력이 세상의 모든 가치와 신념을 집어삼키는 시대. 지금이야말로 '진짜 공부'가 필요한 시기인지도 모른다. 어떻게 살아야 인간다움을 잃지 않고 공동의 품위를 지킬 수 있는지 성찰하고 모색하는 시간이 필요하다. (2016.8.11.)

일상을 불편하게 하는 진실

　여름을 보내며 한 친구가 생각났다. 벌써 10여 년 전의 일이다. 그날 모처럼 대학 시절의 친구들을 카페에서 만났는데, 그 친구가 가방에서 개인용 컵을 꺼냈다. 요즘처럼 개인용 텀블러나 컵을 챙겨 다니는 일이 흔치 않던 시절이라 그 모습이 매우 인상적이었다. 그런데 정작 놀란 건 그녀의 다음 이야기를 듣고서였다. 음식물 찌꺼기를 처리하기 위해 아파트 베란다에서 지렁이를 키우고 있으며, 휴지는 일절 사용하지 않는다고 했다. 그럼 소변이나 대변을 본 후엔? 정말로 궁금하여 자못 진지하게 물었던 기억이 난다.

　바야흐로 111년만의 기록적인 폭염이 물러가고 있다. 우리나라에서 기상관측이 시작된 1907년 이래로 수은주가 가장 높이 치솟은 여름이었다. 노령, 장애인, 저소득층일수록 폭염에 취약하다는 통계가 나왔다. 응급의학과 전문의이자 작가인 남궁인은 올여름 '바깥이 지옥'이라고 생각했다고 한다. 그는 "학살을 보는 것 같았다"고 했다. 지옥과 학살. 응급실에서 환자들을 치료했던 의사가 전하는 이 두 단어에 폭염의 폭력성이 고스란히 담겨 있다.

우리는 이미 알고 있었다. 점점 뜨거워지는 여름이 지구온난화 때문이며 지구온난화는 무엇보다도 이산화탄소를 포함한 온실가스가 주범이라는 사실을. 기후과학자들은 온실가스를 증가시키는 건 바로 우리 자신이라는 사실을 분명히 밝히고 있다. 산업화 이후 인간의 모든 활동이 지구온난화의 원인이 되고 있는 것이다. 내가 먹는 것, 입는 것, 싸는 것 등 일체의 활동이 오늘날의 기후변화와 환경 파괴를 초래하고 있다.

개인적인 차원에서 온실가스를 줄이기 위한 다양한 실천 방법이 있다. 그중 비교적 쉬운 방법이 개인용 컵이나 텀블러를 사용하는 일이다. 그 외에도 사용하지 않는 가전제품 플러그 빼기, 백열전구 교체하기, 온수 적게 쓰기, 대중교통 이용하기, 육류 소비 줄이기 등도 상대적으로 쉬운 방법에 속한다.

'지렁이를 이용한 퇴비 만들기'는 나에겐 매우 난감한 실천 방법이다. 지렁이 100마리가 5킬로그램의 음식물 쓰레기를 3일 만에 처리할 수 있으니, 국민 1인당 지렁이 10마리씩만 키우면 음식물 쓰레기 문제가 자동으로 해결된다는 설명을 들어도 선뜻 용기가 나지 않는다. 환경단체 '에코붓다'에서 해마다 지렁이를 무료로 분양한다. 언젠가는 나도 베란다에 작은 상자를 두고 지렁이를 기르게 되는 날이 왔으면 좋겠다.

현재 환경운동가로 활동하는 엘 고어 전 미국 부통령의 저서 『불편한 진실』에는 지구온난화가 야기한 사실과 지표들이 다양한 사진 자료와 함께 실려 있다. 그는 지구온난화가 정치적, 정책적 문제라고 강조한다. 예컨대 부시 행정부가 액슨모빌사를 비롯한 석유회사와 전력회사들로부터 막대한 자금을 지원받았고, 그 때문에 이들의 이익에 부합되는 정책을 펼쳤다고 비판한다. 또한 그는 기후 위기가 '개인들이 나서서 각자 책임을 질 때에만' 비로소 풀리는 문제이며, 일상에서의 실천이 중요하다고 강조한다.

엘 고어를 비롯한 환경 전문가들이 제시하는 정보는 평범한 이들에겐 불편한 진실이 된다. 결국 나의 오랜 습관이나 생활방식을 바꾸고 불편을 감수해야만 '녹색 실천'을 할 수 있기 때문이다.

지렁이를 키우는 친구와 오랜만에 전화통화를 했다. 친구는 지금도 여전히 베란다에서 지렁이를 키우고 있고, 종이 휴지 대신에 뒷물 수건을 이용하고 있다. 올여름의 폭염이 힘겨웠는가? 그렇다면 당신과 나는 지금이라도 당장 조금 더 불편해지는 삶의 방식을 선택해야 한다. (2018.8.30.)

행복 정동

지난 몇 년간 인문학에서 '정동'이라는 단어가 종종 회자 되고 있다. 그동안 주로 '정서'라고 불렸던 인간의 경험이 정 동(affect)이라는 다소 생소한 용어로 명명되고 조명받은 건, 인간의 복잡한 현상을 이 용어가 잘 표현해주기 때문이다. 정서가 일정한 마음 상태를 일컫는 단어라면, 정동은 보다 가변적이고 들끓는 신체와 마음 상태를 동시에 가리키는 용 어이다.

행복이나 불행도 정동의 한 갈래에 속한다고 할 수 있다. 행복 정동, 불행 정동 등으로 부를 수 있다. 행복 정동에 휩 싸인 인간의 신체와 마음은 평소와는 다르게 변화를 일으키 고 저절로 움직인다. 행복한 사람의 순간을 포착한 사진을 한 번 자세히 들여다보라. 눈은 반달이 되어 심지어 눈물을 글썽 이고 있고, 콧구멍은 벌렁거리고, 어금니까지 모든 치아가 다 보이도록 입술이 벌어져 있으며, 아마도 그 순간 그의 뇌 속 에는 신경전달물질인 도파민이 밤하늘의 불꽃처럼 펑펑 분출

되고 있을 것이다.

흔히 행복은 수단이 아닌 목적으로 간주된다. "올 한 해도 행복하세요!" "올해 우리 가족 모두 행복하게 해주세요!" 새해 소망과 덕담 중에서 행복이 큰 비중을 차지하는 것만 봐도 많은 이들에게 행복이 궁극적인 선(善)으로 간주된다는 걸 알 수 있다.

그런데 우리가 경험하는 행복은 몇몇 대상들과 특별히 가깝다. 예컨대 평소에 원하던 유명 브랜드의 가방을 사게 된 여성은 그 가방을 어깨에 걸친 순간 강렬한 행복 정동에 휩싸이게 된다. 행복은, 그 순간, 돈으로 살 수 있는 것이다. 반면에 그 가방에 부착된 가치를 알지 못하거나 혹은 인정하지 않는 또 다른 여성은 비슷한 가방을 갖고도 전혀 행복해하지 않는다. "기옥 씨는 구찌가 구찌인 걸 몰라 가짜가 가짜인 줄 몰랐다." 김애란의 단편소설 「하루의 축」에 등장하는 여주인공 기옥 씨는 자신이 길거리 가판에서 산 가방이 명품의 '짝퉁'이란 걸 전혀 모른다.

그렇다면 행복은 가치와 취향이라는 사회적 개념과 밀접하게 연관되어 있다고 할 수 있다. "돼지 목에 진주목걸이" 같은 표현에서 비난의 대상이 되는 건 진주목걸이가 아니라, 그것의 사회적 가치나 취향을 알아보지 못하는 돼지인 것이다. 사회학자 피에르 부르디외가 『구별짓기』에서 논의했듯이 물건을 선택하고, 음식을 고르고, 예술을 감상하는 등의 모든 행위는 계급적 '구별'과 연관되어 있다. 나 자신의 행복을 결정짓는 요소인 가치나 취향이, 사실은 내가 태어나기도 전에, 다수의 사람들에 의해 좋은 것, 선한 것으로 결정된 후 통용되고 있는 것이다.

불행하다는 느낌 또는 소외감 역시 사회적 합의에 기반을 둔 정동이라고 할 수 있다. 나는 불행하고 소외되었다고 느끼는데 그 이유는 (주로 기득권 계층을 중심으로) 사회의 다수가 공유하는 정동에서 내가 멀어졌기 때문이다. 예를 들어 100년 전의 페미니스트는 일종의 정동 소외자이다. 그 또는 그녀는 사회의 다수가 선으로 여기는 가치에 의문을 제기하고 그 가치를 공유하길 거부한다. 그는 당대에 통용되는 행복의 조건이나 대상에 반발하고 있는 것이다.

100년 전의 페미니스트를 떠올려 보면, 정동은 확실히 가변적이고 움직이며 폭발력을 내재하고 있다. 행복이라는 정동 역시 그러하다. 지금 내가 행복의 조건으로 여기는 가치들 역시 쉼 없이 변하고 움직일 것이다. 나의 행복을 약속하는 대상들에게 한 번쯤 의심의 눈길을 보내야 하는 이유이다.
(2019.1.3.)

소설 쓰기의 윤리와 독자

소설가에게 1인칭 주인공 시점은 양날의 검과도 같다. 습작 시절이라면 소설 속 상황에 처한 주인공을 '나'로 설정한 후 감정이입을 하고 몰입하는 게 글쓰기에 도움이 된다. 등단 전후에 1인칭 주인공 시점을 빈번히 사용하는 건 아마도 그 때문일 것이다. 나의 경우도 등단작은 물론이고 첫 소설집의 대부분이 1인칭 주인공 시점으로 쓰였다.

그런데 시간이 흐르다 보면 1인칭 소설에 대한 부담감이 엄습해 온다. 나는 과연 타자의 이야기를 쓸 만한 사람인가. 그럴 만한 자격이 내게 있는 것인가. 특히 소설가 자신이 직접 체험하지 못한 이야기라면 더욱 조심스럽다. 그 누구도 타인의 삶을 온전히 대변할 수는 없기 때문이다. 그래서 '쓸 수 있는 것'과 '쓸 수 없는 것'을 구별하게 된다.

그럼에도 불구하고 어떤 경우 소설가는 '쓸 수 없는 것'을 소재로 선택한다. 아니, 써야 한다고 명령받는다. 명령하는 이가 도대체 누구냐고 묻는다면 혼, 정신, 영혼, 넋 등등 비과학적인 용어로 대답할 수밖에 없다.

일본군 '위안부' 피해자 할머니가 등장하는 소설『한 명』을 발간했을 때 김숨 소설가는 무려 316개의 미주를 소설의 뒤편에 달았다. 이후에도 공부를 계속하며 증언과 자료들을 '체화'하는 시간을 가졌다. 그런 후에야 만주 위안소에서 살아가는 1인칭 주인공 소녀의 이야기『흐르는 편지』를 발간했다.

광주민주화운동의 열흘간을 다룬 장편소설『봄날』(전 5권)을 펴내면서 임철우 소설가는 다음과 같이 서문에 썼다. "지난 10년 동안 나는 내내 5월 그 열흘의 시간을 수없이 다시 체험해야 했고, 수많은 원혼들과 함께 잠들고 먹고 지내야 했다." 같은 소재를 다룬 한강 소설가 역시『소년이 온다』에서 "모든 자료를 읽는다는 것"을 원칙으로 삼고 자료를 읽다가 갖가지 악몽에 시달렸던 경험을 '에필로그'에서 밝히고 있다.

그렇다고 소설가들의 숨은 노력과 진정성이 반드시 문학적 형상화의 성공으로 이어지는 건 물론 아니다. 그러기는커녕 오히려 그 반대의 경우가 더 많다.

지난 연말의 송년회에서 한 평론가가 내게 '상투적'으로 소설을 쓴다는 핀잔을 던졌고, 나는 즉시 '그럴 것이다'고 인정했다. 나의 즉답은 내 소설이 상투적이라는 걸 공개적으로 시인한 것이 아니었다. 독자 또는 평론가가 그렇게 읽고 해석할 수 있다는 의미였다. 내가 그 1인칭 주인공에 대해 오랜 세월 품고 있었던 마음의 짐이나 부채의식 같은 건 그 순간 중요하지 않다.

활자로 인쇄되어 세상에 나온 순간 소실은 더 이상 소설가 개인의 글이 아니다. 굳이 롤랑 바르트의 '저자의 죽음'이나 발터 벤야민의 (책이 갖게 되는) '사후의 삶'이라는 논의를 가져오지 않더라도, 문학은 시시각각 다른 독자들에 의해 다르게 읽혀지고 해석된다.

간혹 소설가의 의도와는 달리 소설이 곡해되거나 폄훼되거나 지탄을 받는다고 해도 어쩔 수 없다. 글쓴이의 선한 의도나 숨은 노력까지 독자가 다 감안해서 문학을 감상해야 하는 건 아니다.

문학은 언제든 다시 읽히고 재해석되어야 한다. 현실을 떠난 진공 상태에서 문학이 탄생하지 않듯이, 변하지 않고 저 홀로 빛나는 '문학성'이란 이 세상에 존재하지 않기 때문이다.

변화하는 시대적 가치와 윤리를 포용하는 것. 그리고 그러한 변화를 요구하는 타자들의 이야기에 기꺼이 자신의 텅 빈 가슴과 귀를 빌려주어 채우는 것. 이것이 바로 글쓰기를 업으로 하는 작가의 할 일이 아니겠는가? (2019.1.24.)

노년에 대하여

요즘 많은 이들에게 노년의 삶이 관심사로 떠오르고 있다. 노인 복지 연령을 조정하는 논의가 본격적으로 시작되었기 때문이다. 올 2월에 육체노동자가 일할 수 있는 최종 나이를 60세에서 65세로 봐야 한다는 대법원 판결이 내려졌고, 지난주에는 병원 진료비를 할인해주는 노인 연령을 65세에서 70세로 단계적으로 올려야 한다는 보건복지부의 공청회 발표가 있었다. 현재 한국인의 평균 기대수명이 82.7세인 것만 봐도 노인 연령 상향 조정은 반드시 필요한 것으로 보인다.

어느덧 '50플러스' 세대가 된 나와 지인들에게 노년은 크게 두 가지 의미로 다가온다. 먼저, 초고령 세대가 된 부모님을 어떻게 돌봐 드려야 하는지에 대한 고민이 크다. 우리의 부모님들은 현재 거의 모두 병원에 입원 중이거나 지병을 앓고 있다. 노화로 인한 신체 기능 장애가 불러온 질환에서부터 치매에 이르기까지 어르신들이 다양한 질병으로 고통받고 있다.

지인들 대부분은 1955년과 1963년 사이에 출생한 1차 베이비붐 세대에 속한다. 부모님들은 전통적 가치관을 유지하며 유교 문화권 안에서 평생을 살아오셨다. 그동안 가족을 위해 살아오신 까닭에 부모님들은 노후를 자연스럽게 자녀에게 의지한다. 노인 전문 요양시설은 '복 없는' 노인들이 마지막으로 거쳐 가는 불길한 장소로 인식한다. 입원 중인 병실에서 다른 환자들과 자식들의 돌봄 능력을 두고 기 싸움을 벌이기도 하고, '병원 밥' 대신 자녀들이 병실로 가져오는 따뜻한 음식을 효의 잣대로 여기기도 한다.

노년에 대한 두 번째 생각은 우리 자신의 노후가 바로 코앞에 닥쳐왔다는 불안감과 관련이 있다. 주변의 지인들은 이미 조기 퇴직을 했거나 머잖아 퇴직을 앞두고 있다. 그런데 자녀들은 아직 사회경제적으로 자립하지 못했고, 퇴직 후의 일상을 맞이하기에는 경제적·정신적으로 구체적인 대안이 부족한 상황이다.

스마트폰과 SNS 문화에 익숙하고 첨단 기계를 적극 활용하는 1차 베이비붐 세대는 자식에게 '올인'한 부모 세대의 전통적 가치관과 일정한 거리를 두고 있다. '뉴실버 세대'로 불리기도 하는 이들은 자녀들과의 관계에서 독립적이고, 자원봉사 등의 사회공헌 활동에도 가치를 부여한다. 전체 인구의 14.6%에 해당되는 1차 베이비붐 세대와 12.4%를 구성하는 2차 베이비붐 세대(1968년~74년생)는 앞으로 보다 주체적이고 적극적으로 노년 문화를 이끌어 갈 것으로 기대된다.

그런데 문제는 우리 사회 전반에 노인 빈곤층이 광범위하게 퍼져 있다는 사실이다. 현재 우리나라 65세 이상 노인 평균 빈곤율은 놀랍게도 46.5%이다. 노인 두 분 중 한 분이 빈곤 상태에 처해 있는 것이다. 경제협력개발기구(OECD) 국가 중 노인 빈곤율 1위, 노인 자살률 1위라는 기록은 우리 사회의 뼈아픈 맨얼굴이다.

높은 기대수명에 걸맞지 않은 노인층의 소득 양극화 현상은 우리 사회가 해결해야 할 가장 어려운 과제 중 하나이다. 요즘 논의되는 노인 연령 상향 조정도 이런 현실이 반영되어야 한다. 기초연금, 건강보험, 지하철 경로 우대 등 복지제도의 대상 연령이 높아질 경우, 노인 빈곤층이 가장 큰 타격을 받게 될 것이다. 소득별 수급 기준을 꼼꼼히 정비하여 적용하는 등의 다양한 대책이 필요하다.

노화는 그 누구도 피할 수 없는 인간의 조건이다. 그런데 효율과 경제성을 최고의 가치로 여기는 사회 분위기 속에서 노화는 노인들 사이에서조차 부정적으로 인식된다. 존엄과 자율성을 지키며 노후를 보내고 죽음을 자연스러운 삶의 순환 과정으로 받아들이기 위해서는 노년에 대해 성찰하고 학습하는 시간이 필요하다. (2019.4.18.)

외국인 유학생 시대와 다문화인식

올여름에도 어김없이 외국인 학생들에게 한국 문화를 가르치고 있다. 내가 강사로 일하는 대학에서 외국인 학생들을 대상으로 여름학교를 운영하고 있고, 한국 문화 강좌가 교육 과정에 포함되어 있어서이다. 대학의 정규 학기에서 같은 교과목을 가르치고 있어서 여름이면 자연스럽게 강의자로 차출되고 있다. 덕분에 뜨거운 여름날을 전 세계에서 모여든 다양한 학생들과 함께 부대끼며 보내고 있다.

최근 몇 년간 국내 대학의 외국인 유학생 비율은 점점 늘어나고 있는 추세이다. 교육통계서비스에 의하면 지난해 국내에 체류한 외국인 유학생 숫자는 14만 명을 훌쩍 넘어섰다. 단기 어학연수나 교환학생이 아니라 정규 학위 과정에 등록한 학생도 8만여 명이 넘는다. 출신 국가별로는 중국, 베트남, 몽골, 우즈베키스탄, 일본, 미국 순이다. 부산 지역도 예외가 아니어서 교정이나 구내식당에서 다양한 국적의 외국인 학생들과 마주치는 건 흔한 일상이 되었다.

부산대학교의 경우, 6개월 또는 1년간 체류하는 교환학생의 숫자가 해마다 늘고 있다. 올 여름학교의 경우에도 모두 세 차례에 걸쳐 약 100명의 학생들이 참가했다. 대다수가 북미와 유럽 국가 출신이고, 말레이시아를 비롯한 아시아권 학생들도 함께했다. 여름학교는 방학을 이용해 한국을 집중 탐구하려는 학생들에게 선호도가 높다. 이들은 한국 문화에 대한 관심과 열정도 남달라서 매번 강의 시간을 훌쩍 넘겨 열띤 질의응답이 오간다.

그런데 대다수의 단기 체류 학생들은 한국어 능력을 갖추지 못한 채 이곳에 도착한다. 여름학교뿐만 아니라 정규 학기에 등록하는 교환학생들도 상황이 비슷하다. 예컨대 이번 봄 학기에 한국 문화 강좌를 수강한 학생들의 절반 이상이 한글을 읽거나 쓰지 못했다. 몇 년 전 대학 측에서 부랴부랴 영어 전용 강좌를 개설한 것도 바로 이런 상황 때문이었다. 하지만 중국을 비롯한 아시아권 학생들의 경우, 영어 강좌를 수강하는 것도 만만치 않다. 개강 첫날 수업에 참석했다가 곧바로 수강을 취소하는 것도 영어로 진행되는 강의가 부담스럽기 때문이다.

상황이 이렇다 보니 외국인 학생들의 학습권은 제한될 수밖에 없다. 북미나 유럽 학생들은 불과 서너 개의 영어 강좌 중에서 원하는 과목을 선택해야 하고, 아시아권 학생들은 제대로 이해하지 못하는 한국어로 진행되는 강좌를 수강해야 한다. 국내 대학에서 점점 더 많은 아시아권 학생들이 학력 부진에 시달리는 것도 바로 언어 장벽 때문일 것이다. 각 대학은 정규 학위 과정의 학생들만이라도 교육부가 권고하는 한국어능력시험(TOPIK) 3급 이상의 선발 자격 기준을 엄격히 지켜야 할 것이다.

다종다양한 학생들이 함께하다 보니 미묘한 갈등 상황도 생겨난다. 각국의 결혼 문화를 토론하는 과정에서 대학생 동거를 자연스럽게 여기는 북유럽 출신 여학생과 이에 대해 경악하는 아시아권 여학생 사이에 불편한 기류가 흐르게 되는 식이다. 종교나 민족 간 차이가 아슬아슬하게 드러나는 경우도 있다. 이스라엘에서 온 유대교 남학생과 말레이시아의 무슬림 여학생이 함께 공부하고, 웨일즈와 잉글랜드를 마치 각각 다른 나라인 양 소개하는 영국인 학생들이 한자리에서 토론하기 때문이다.

외국인 유학생 14만 명 시대이다. 각 대학은 교육부 평가에서 국제화 지수를 높이고 등록금으로 재정을 충당할 수 있어서 외국인 학생들을 적극 유치하고 있다. 지금 중요한 건 학내 참여자들이 서로 간의 다름과 다양성을 존중하는 태도를 지니는 일일 것이다. 더 나아가 사회의 구성원들 역시 타자의 고유한 문화를 이해하고 포용하려는 다문화 인식을 갖춰야 한다. (2019.8.8.)

'라라 오디오북'
─지역 작가를 조명하다

　부산교통방송 주말 프로그램 〈주말의 가요데이트〉에 '라라 오디오북'이라는 코너가 있다. 부산 지역을 중심으로 활동하는 작가들을 소개하고, 작품의 주요 장면을 낭독하는 생방송 코너이다. '라이브로 듣는 라디오 오디오북'을 줄여서 '라라 오디오북'이라고 부른다. 매주 토요일 오후, 지금까지 두 차례 생방송을 마쳤다.

　맨 처음 담당 PD로부터 출연자 섭외 전화를 받았을 땐 걱정이 태산이었다. 라디오 생방송이라니! 부담스러웠다. 하지만 지역 작가들을 소개하고, 작품 일부를 원작 그대로 낭독하는, 그야말로 갸륵한 기획이었다. 누군가는 해야 할 일이었다.

　사실, 1980년대 끝자락의 몇 년 동안 서울에서 라디오 방송작가로 일한 적이 있다. 컴퓨터가 상용되지 않던 시절이었다. 원고지에 대본을 써서 매일 지하철을 타고 방송국으로 가서 원고를 넘겼다. 그때 동료 구성작가들과 나눈 대화가 지금도 기억에 생생하다. "집에서 쓴 대본을, 저절로 탁, 보내는 방법이 없을까?"

21세기의 리디오 방송국은 오래전 그 시절과 시실 면에서는 크게 다르지 않았다. 스튜디오 부스 안에 진행자가 앉고, 부스 밖에서 피디, 엔지니어, 방송작가가 사인을 주고받으며 진행자와 소통했다. 가장 큰 변화는, 물론, SNS로 접수되는 실시간 청취자 반응이었다. 부스 안에 설치된 모니터를 통해 진행자가 사연을 읽고 즉시 응답하는, 생생한 라이브 현장이었다.

방송 언어와 문학 언어 사이의 간극을 좁히는 게 나의 역할이라고 여겨졌다. 홀가분해지고 싶은 주말 오후, 실시간 교통정보를 기대하는 운전자에게 지역의 리얼리즘 소설은 지나치게 비장하고 무거울 수 있다. 부산에서 융성한 모더니즘 계열의 시 역시 마찬가지이다. 일상 언어와는 다른 시어들이 청취자에게는 해독하기 어려운 기호로 여겨질 수 있다. 방송과 문학, 대중과 작가 세계 사이의 거리감을 좁히는 것. 방송을 앞두고 나름대로 정한 지향점이다.

첫 두 방송에서 김성종 추리작가와 최영철 시인을 각각 소개했다. 수많은 작품들 중에서 과연 어떤 걸 소개해야 하는가도 고민거리였다. 첫 방송이니만큼 인지도와 대중성을 고려했다. 김성종의 소설 『최후의 증인』 그리고 최영철의 시 「금정산을 보냈다」와 「비밀」을 소개했다. '해운대의 소설가'와 '금정산의 시인'을 길잡이로 앞세워 방송을 마쳤다.

가장 큰 난관은 '라이브'로 작품 속 장면을 실감나게 낭독하는 일이었다. 프로그램을 맡은 한주형 진행자와 낭독 역할을 분담했다. 성우 출신의 전문 방송인과 나란히 비교된다는 의미이기도 했다. 엉뚱한 데서 혀가 꼬이고 발음이 미끄러졌다. 집에서 남몰래 발성 연습을 하고, 성대 보호에도 신경을 썼다.

주변에서는 걱정과 응원을 동시에 보내고 있다. 매주 새로운 방송 내용을 준비하는 게 벅차지 않느냐, 한주형 진행자와 음성 톤이 너무 차이가 나더라, 그 에너지와 시간을 네 작품 쓰는 데나 써라 등등.

내가 정작 우려하는 건 혹시 작가의 작품에 누를 끼치는 건 아닌지, 내용을 잘못 이해하거나 해석하게 되는 건 아닐지 하는 점이다. 그렇다 해도 당분간은 좋아하는 작가들의 작품을 마음껏 읽고 경탄하며, 작가가 꿈꾸는 세계를 방송 언어로 들려주는 일을 즐기고자 한다.

삶에 대한 기대와 소망은 청취자나 독자의 그것이 크게 다르지 않을 것이다. 시인이 예민하게 포착한 일상, 소설가가 날카롭게 파악한 현실 세계는 유한한 삶에 가치와 의미를 더해 줄 것이다. 지역에서 활동한다는 이유만으로 제대로 알려지지 않은 작가들이 많다. '라라 오디오북'이 더 많은 지역 작가를 소개하고 조명하는 계기가 되었으면 좋겠다.

(2019.12.5.)

우리 안의 디아스포라

2년 전 부산을 방문했던 사라가 새해를 맞아 이메일을 보내왔다. 프랑스령 레위니옹 섬에서 살고 있는 사라는 그때 친부모를 찾기 위해 부산에 왔다. 사라가 부산에 머물렀던 나흘 동안 내가 그녀를 안내했었다.

이메일에서 사라는 올봄에 다시 한국을 방문할 거라고 했다. 여전히 가족을 애타게 찾고 있고 요즘엔 한국 드라마를 즐겨 시청한단다. 그러고 보니 메일 제목이 순 한글이었다. "안녕하세요, 사라입니다." 2년 전에 그녀는 한국어를 전혀 몰랐다. 영어도 잘 몰랐다. 그래서 의사소통이 매우 힘들었다. 그런데 이번 메일은 첫인사와 끝인사는 한국어로, 본문은 영어로 썼다. 한국을 다녀간 이후 그녀의 삶에 변화가 생긴 것이다.

사라가 프랑스로 입양을 떠난 1987년은 한국의 해외 입양아 숫자가 정점을 찍은 해였다. 그해에만 약 8천여 명의 아이들이 해외로 떠났다. 이듬해 열린 '88 서울올림픽'을 기점으로 해외 입양아의 숫자가 감소하기 시작했는데, 이는 해외 언론이 한국 사회의 이 기이한 현상에 대해 보도한 것이 한 원인이 되었다.

한국전쟁 고아들을 구제하기 위해 시작된 해외 입양이 1950년대가 아니라 1970년대와 1980년대에 전성기를 맞이한 건 뼈아픈 아이러니이다. 경제 발전과 근대화를 이룩하는 과정에서 우리 사회가 누구를 희생시켰는지가 분명해진다. '요보호 아동'을 위해 사회복지 예산을 편성하는 대신에 이들을 해외로 송출함으로써 국가는 자신의 책무를 다하지 못했다. 어린 시절에 비자발적으로 고국을 떠난 입양아들은 바로 우리 사회가 만들어낸 디아스포라이다.

얼마 전 개봉한 다큐멘터리 〈헤로니모〉 역시 오랜 세월 동안 국가가 돌보지 못한 한인 디아스포라의 삶과 역사를 다루고 있다. 〈헤로니모〉는 고(故) 임은조의 생애를 중심으로 그동안 알려지지 않았던 쿠바의 한인사를 조명한 다큐멘터리이다. 서두에서 자막으로 소개된 통계가 눈길을 끌었다.

"한반도 밖에 800만 명에 육박하는 한인들이 살아간다. 이는 남북한 전체 인구의 10프로가 넘는 수치이다." 1905년 전후로 하와이와 멕시코로 떠난 한국인 노동자들은 사탕수수와 에네켄(용설란과의 식물. 밧줄의 원료인 섬유를 추출) 농장에서 그야말로 노예의 삶을 살았다. 하지만 이들은 '나와 내 부모가 떠나온 곳'을 결코 잊지 않았고, 일제강점기 동안 쌀 한

숟갈씩을 모아 상해 임시정부로 독립 자금을 보냈다. 이후 역시 격동기를 거치는 동안 한인 2세와 3세들이 태어났고, 이들은 한인 공동체를 형성하고 정체성을 유지하기 위해 분투했다.

"디아스포라의 핵심은 고통입니다."〈헤로니모〉에 출연한 유대교 랍비는 디아스포라를 이렇게 정의한다. 존재의 뿌리를 통째로 뽑아서 낯선 타국 땅에 이식해야 하는 그 고통의 경험을, 내국인들은 쉽게 짐작하거나 이해할 수 없을 것이다.

입양인 사라와 고(故) 임은조가 그리워한 고국인 한국은 다른 누군가에게는 새롭게 뿌리를 내려야 하는 디아스포라의 땅이기도 하다. 어느새 우리 곁으로 가까이 다가온 이주노동자와 난민들은, 생존을 위해 소중한 것들을 고국에 두고 떠나온 디아스포라들이다. 낯선 외모에 이방의 언어를 구사하는 이들의 얼굴 위에 사라와 쿠바 한인들의 얼굴이 겹쳐서 떠오른다.

새해에는 우리 사회의 낯선 이웃들을 이해하고 포용하는 기회가 더 많아졌으면 한다. 내가 발 딛고 살아가는 곳에서 낯설고 이질적인 것을 받아들이는 삶의 방식이야말로, 저 멀리 여행을 떠나지 않아도, 자신의 세계를 확장하고 팽창하는 경험을 가져다줄 것이다. 차이는 대화와 소통의 계기가 될 수 있다. 우리 안의 디아스포라를 배제하거나 혐오하지 않는 한 해가 되었으면 좋겠다. (2020.1.2.)

우리에게 필요한 건
연대와 희망

　코로나19 확진자 숫자와 동선을 파악하는 것으로 하루를 시작하고 마감하는 날들이 이어지고 있다. 일상이 억제되고, 가까운 사람들과의 만남조차 꺼려지며, 즐겨 애용하던 가게가 하루아침에 기피해야 할 장소로 머릿속에 각인된다. 부산에서도 마스크와 손소독제는 물론이고 라면과 우유 같은 생필품이 마트의 진열대에서 빠르게 사라지고 있다. 바야흐로 전염병에 대한 두려움이 뇌와 가슴을 지배하는 시기이다.

　그렇다고 내내 암울하고 불안하기만 한 건 아니다. 손 씻기와 기침 예절 등 진작 습득했어야 할 위생 습관이 자연스럽게 몸에 배어가고, 평소 무덤덤하던 가족이나 지인들과 자주 안부를 주고받으며 예방수칙을 공유한다. 무엇보다도 그동안 추상적으로만 여겼던 지역사회, 국가, 공동체 같은 개념이 눈앞에서 실체화된다. 하루에도 몇 차례씩 전해지는 안전 안내 문자는 나 자신이 지역사회와 국가에 소속된 공동체의 일원이라는 사실을 실감하게 한다. '우리'라는 의미, 당신의 안전이 곧 나의 안전이라는 사실을 절실하게 깨닫는 때이다.

평온한 일상을 뒤집고 루틴을 통째로 바꾸기노 하는 전염병에 맞닥뜨린 인간 군상을 그린 소설로 알베르 까뮈의 『페스트』를 꼽을 수 있다. 알제리의 도시 오랑에 역병의 징후가 나타나고, 정부 당국이 페스트를 공식적으로 선포하면서 도시가 봉쇄된다. 도시 안에 갇힌 인물들은 갑작스럽게 닥친 이 재앙에 대해 극명하게 다른 의견과 태도를 보이지만 결국 연대하고 투쟁하여 페스트를 물리친다. 그렇다. 까뮈는 이 소설에서 인간성에 대한 믿음을 바탕으로 연대와 희망을 강조하고 있다.

주인공들이 연대하는 과정은 이렇다. 취재차 오랑에 온 신문기자 랑베르는 도시가 봉쇄되자마자 탈출하기 위해 애쓴다. 이 고장 사람이 아니므로 페스트는 자신과는 상관없는 일이라는 것이다. 하지만 마침내 오랑을 떠날 방도를 찾았을 때 그는 도시에 남아 전염병 퇴치에 힘을 보태기로 결정한다. 전염병이 개인을 넘어 우리 모두와 관련된 것이고, 탈출해서 "혼자만 행복하다는 것은 부끄러운 일"임을 깨달았기 때문이다.

페스트가 신의 분노이자 처벌이라고 설교하던 파늘루 신부 역시 "침묵하고 있는 하늘"을 바라보고 기도만 할 게 아니라 힘을 모아 질병과 싸워야 한다는 의사 리유(리외)의 의견에 따르고 동참한다. "페스트 시대의 종교는 여느 때의 종교와 같은 것일 수 없으며" 전염병이 창궐하는 시기에 인간의 구원은 곧 인간의 건강을 지키는 일이기 때문이다.

또 다른 주인공 타루가 조직한 자원봉사단체 보건대는 오랑의 페스트 퇴치에 중요한 역할을 한다. 혼란과 공포의 도가니가 된 도시에서 자원봉사자들은 감염자들을 선별해서 이송한 후 치료하고, 수치와 통계를 기록하고, 페스트에 효과적인 혈청이 개발될 수 있도록 돕는다. 10개월여의 재난 기간 동안 보건대의 활약이 두드러졌다. 하지만 이 사건의 증언자이자 서술자인 리유의 생각은 다르다. "이 이야기 속에 한 사람의 영웅이 있어야 한다면" 그건 바로 선의와 이상을 갖고 보건대에서 봉사한 시청 보조 직원 그랑처럼, 성실하고 평범한 시민이다.

예측할 수도 막을 수도 없이 닥친 소설 속 페스트는 그 자체로 카뮈가 의미하는 부조리를 상징한다. 그리고 주어진 세계의 조건, 즉 전염병을 물리치기 위해 투쟁하는 인물들은 작가가 제시하는 '반항하는' 인간들이다.

소설 『페스트』에서 연대와 희망의 의미를 새롭게 발견한다. 대구의 코로나19 전담병원으로 모여드는 의료진들, 소상공인을 위해 자발적으로 임대료를 낮추는 건물주들의 '선의와 이상'이 감동적이다. 각자의 자리에서 꼼꼼하게 예방과 행동수칙을 지키고, 공동체의 한 사람으로서 협력하여 이 어려운 시기를 극복했으면 한다. (2020.2.27.)

공존의 방식

모두가 유례없이 힘든 나날을 보내고 있다. 강화된 사회적 거리두기를 실천하라는 당국의 호소가 이어지고 있지만 지속되는 상황에 답답증과 피로감을 호소하는 이들이 많아졌다. 하지만 이 고비를 잘 넘기면 생활방역 체계로 전환된다고 하니 조금만 더 힘을 내야 한다.

코로나19 사태는 연대와 공존의 중요성을 새삼 깨닫게 했다. 나 혼자 잘 먹고 잘살면 그만인 세상이 아닌 것이다. 경제적 측면에서도 취약 계층과 더불어 살아가며 노동과 의료 환경을 개선하는 일이 사회적 비용을 줄이는 일이다. 복지 영역을 확대하고 공공성을 강화하여 신자유주의 경제 체제의 허점을 보완하는 노력이 필요하다. 직장인 유급 돌봄 휴가를 활성화하고, 비정규직 종사자, 장애인, 외국인 노동자에 대한 지원 대책도 마련해야 한다. 이번 사태로 드러난 제도와 정책의 공백을 메우고 우리 사회를 지탱하는 시스템을 개선해야 한다.

지방자치단체를 중심으로 발 빠르게 시행되는 재난지원

금은 우리가 나아가야 할 길을 가리키는 방향지시등 역할을 하고 있다. 긴급생계자금(광주시), 긴급재난생계지원금(대전시), 긴급재난생활비(충북) 등 명칭이 무엇이든 상관없다. 코로나19로 생계를 위협받는 이들에게는 지금 당장 생필품을 사거나 임대료를 낼 수 있는 현금이나 지역화폐가 필요하다. 경기도와 울주군, 기장군의 경우처럼 선별하지 않고 전체 주민에게 현금을 지급하는 방식도 인상적이다. 그동안 낯설게 여겨졌던 '기본소득' 개념이 우리 곁으로 성큼 다가오는 계기가 되었다. 그런데 현재 지자체에서 지급하는 지원금은 일시적이고 선별적이라는 점에서 기본소득 개념과는 큰 차이가 있다. 하지만 명칭이야 어찌됐든 이러한 재난수당은 재난기본소득과 기본소득을 긍정적으로 바라보게 한다.

모든 개인에게, 아무 조건 없이, 정기적으로, 현금을 지급한다는 게 기본소득의 원리이다. 세계적인 전문가인 필리프 판 파레이스가 저술한 책 『21세기 기본소득』에 의하면, 4차 산업혁명으로 인한 대량실업과 불평등을 해결할 대안이 바로 기본소득이다. 앞으로는 기술과 자원이 극소수에게 집중되어 양극화와 불평등이 더욱 심화될 것이니, 모든 사람이 생계를 유지하기 위해서는 기본소득이 요구된다는 것이다.

문제는 재원 확보일 것이다. 기본소득을 주창하는 이들은 4차 산업혁명으로 부를 축적한 이들에게 거둘 '부자 증세'를 해결책의 하나로 제시하고 있다. 흥미로운 건 이런 제안에 대해 화답이라도 하듯이 마크 저커버그, 빌 게이츠, 일론 머스크, 리처드 브랜슨 등의 호거부들이 기본소득을 적극 지지하고 있다는 점이다. 인공지능(AI)을 기반으로 한 자동화로 대규모 실업 사태가 발생할 테니 '로봇세'와 같은 세금을 매겨 기본소득의 재원을 마련하자는 게 이들의 공통된 의견이다. 워런 버핏과 빌 게이츠가 각각 뉴욕타임스와 CNN을 통해 '제발 더 많은 세금을 낼 수 있도록' 조세 정책을 바꿔 달라고 호소(?)한 지도 벌써 수년이 지났다.

코로나19 사태는 더불어 살아가는 삶의 형태와 공존의 방식을 되짚어보는 계기가 되고 있다. 인간의 조건은 불평등하고 이는 개인의 '노오력'만으론 해결될 수 없다는 사실이 이제는 자명해졌다. 어떠한 형태로든 만약 재난기본소득을 환영한다면 부자 증세를 포함한 실질적인 재원 마련 정책도 고민해봐야 한다.

전 세계가 우리나라의 코로나19 대응 방식을 주목하고 있다. 국경을 차단하거나 도시를 폐쇄하지 않고도 성숙한 시민 역량과 안정된 시스템으로 바이러스를 제어하는 사례가 되고 있다. 연대와 공존에 가치를 두고 조금만 더 힘을 내어 다 함께 버텼으면 한다. (2020.3.26.)

문화예술인 고용보험
적용에 부쳐

문화예술인 고용보험 적용을 특례로 포함하는 고용보험법 개정안이 이번 주에 국회를 통과했다. 고용보험법 개정안 시행 시기도 당초 1년 후에서 6개월 후로 단축됐다. 일단 환영할 만한 일이다. 지난 2011년, 고(故) 최고은 시나리오 작가가 생활고로 사망한 이후 제정된 예술인복지법에 이어서 앞으로 성큼 나아간 예술인 생계 안정 정책이다. 그동안 노동 가치를 제대로 인정받지 못했던 작가, 배우, 감독, 연주자 등의 예술인들이 노동자로 대우받는 계기가 되었으면 한다.

국어사전에서 '문화예술인'은 "문화 예술과 관련된 일을 직업으로 하는 사람"을 일컫는다. 즉, 일정 기간 동안 문화예술 활동에 종사하면서 이를 직업으로 삼아 생계를 유지하는 사람이라는 의미이다. 하지만 현실은 그렇지 않다는 걸 누구나 다 안다. 문화예술 활동만으로 생계를 유지할 수 있는 사람은 전국적으로 극소수에 불과하다. 그래서 대다수의 예술인들은 교직, 강사직에서부터 택배, 대리운전, 홀 서빙에 이르기까지 '투잡' 또는 '쓰리잡'을 통해 생계를 유지한다.

그런데 이번에 국회를 통과한 고용보험법 개정안 역시 문화예술인을 노동자로, 문화예술 활동을 직업으로 인정하는 건 아니다. 법체계 안에서 예술인의 노동을 업으로 인정하는 게 아니라 '특례조항'을 만들어서 시혜의 대상으로 간주하여 대우하고 있다. 예술인들 사이에서 개정안에 대해 반대하는 목소리가 나오는 이유가 바로 이것 때문이다. 문화예술인들을 따로 특별 취급하지 말고 다른 특수고용직노동자들과 함께 노동자로 인정해 달라는 것이다.

보험설계사, 택배기사, 학습지 교사, 판매원 등을 포함하는 특수고용직노동자는 완성된 일의 결과에 대하여 보수가 후급으로 지급된다. 사용자와의 근로계약이 아니라, 도급계약 또는 임의계약에 의해 노무를 제공하는 것이다. 배달앱이나 대리운전앱 등에서 일하는 플랫폼 노동자도 비슷한 상황이다. 노무를 제공한 후 임금을 받는 건 임금노동자와 비슷하지만 사용자(사업주)의 직접적인 지휘감독을 받지 않기 때문에 자영업자의 성격을 갖는다. 문화예술인 역시 마찬가지이다. 문학 분야의 경우, 원고청탁서 또는 계약서를 통해 용역을 체결한 이후 최종 결과물이 나와야 사용자로부터 원고료나 인세가 지급된다.

그러므로 특수고용직노동자, 플랫폼 노동자, 문화예술인은 모두 현행 근로기준법상 근로자가 아니라 자영업자 또는 개인사업자로 분류된다. 현행법상 근로자는 근로 제공, 임금 지급 등에서 반드시 사용자의 지휘감독을 받는 종속적 관계에 있어야 한다. 즉 '사용종속적' 관계가 필수적이다. 결국 현행 근로기준법상의 근로자 범위를 수정하여 확대하지 않는 한 이들에게 고용보험을 적용할 수 없다. 이번에 문화예술인 고용보험이 '특례조항'으로 처리된 이유일 것이다.

실직했거나 비자발적 이직으로 인해 소득이 줄어들었을 때 실업급여가 제공된다는 점은 고용보험의 가장 큰 역할이다. 문화예술인의 경우 24개월 동안 9개월 이상 보험료를 납부했다면, 실직 전 기준 3개월간 평균 보수의 60%를 120~270일 동안 지급받을 수 있다. 하지만 임금노동자와는 달리 다수의 사용자를 대상으로 단기간에 소액 계약을 체결하는 문화예술인은 사용자를 특정하거나 보험료를 산정하고 정산하는 데 어려움을 겪을 수 있다. 현재 구체적인 지침 없이 시행령으로 넘겨진 점들에 대해서는 폭넓은 의견 수렴이 필요해 보인다.

코로나 19 사태가 촉발시킨 사회 안전망과 공공성 강화에 관한 요구는 일터에서 노동하는 모든 국민을 위한 고용보험 확대의 필요성을 일깨워주었다. 문화예술인 고용보험 시행이 다른 분야 노동자들의 고용보험 법안을 마련하는 계기가 되길 바란다. (2020.5.21.)

도서정가제, 문화 다양성을
시키는 버팀목

　명색이 소설가이지만 쓰기보다는 읽기에 더 많은 시간을 할애하다 보니 당연히 책값에 관심이 많다. 보통은 스마트폰 앱을 통해 책을 구매하는데 매번 할인 10%에 적립 5%의 혜택을 받는다. 한 권을 주문해도 무료 배송이고 다음 날이면 집 앞에 택배가 도착하니 편리하기도 하다.

　하지만 도서정가제 할인율 15%를 포기하고 동네 서점에서 책을 사는 경우도 많다. 서점 근처를 지나가다가 충동구매를 하는 것이다. 며칠 전에도 그랬다. 그동안 관심을 가졌던 책 두 권을 서점에서 정가로 구입했다. 돈이 아깝다는 생각은 들지 않았다. 오히려 이토록 귀한 신간을 각각 15,000원과 14,000원에 살 수 있어서 감사했다.

　배송 시간을 기다리지 못하고 당장 책을 읽고 싶을 때 또는 온라인 판매처에서 책을 구할 수 없을 때, 동네 서점에서 책을 산다. 특히 베스트셀러와는 거리가 먼, 지역 작가의 책은 온라인에서 구매할 수 없는 경우가 있다. 주문한 지 며칠

이 지난 뒤에야 '판매처를 찾을 수 없습니다'라는 메시지를 받을 때마다 당혹스럽다. 그럴 때 시내의 지역 서점에 전화로 문의하면 책을 구할 수 있다.

종이책을 선호하는 소비자의 입장에서 볼 때, 그리고 드문드문 책을 발간하는 생산자의 입장에서 볼 때, 현재 진행되고 있는 책값 논란은 안타깝기 그지없다.

현재 도서정가제 폐지운동을 이끄는 이들의 주장은 크게 두 가지로 요약할 수 있다. 첫째, 발매 18개월 이후에 무제한 덤핑이 가능했던 '2014년도까지의 도서정가제는 비교적 합리적인 측면'이 있었는데, 모든 도서에 최대 15% 할인율을 규제하는 현 도서정가제가 '부담스러운 가격에 도리어 독자에게 책을 멀어지게' 했다는 것이다. 즉 구간(舊刊)에 대한 덤핑 규제와 현재의 15% 할인율 규제를 풀어야 책값이 낮아져서 독서 인구가 늘어날 것이라는 주장이다.

두 번째는 전자책이 '종이책과 같은 정책을 적용받는다는 것은 불합리'하다는 주장이다. 현재 웹툰과 웹소설 등 온라인으로 발매·유통되는 콘텐츠는 당연히 종이책으로도 발간이 가능하다. 이 경우 책 뒷면에 ISBN(국제표준 도서번호)이 부착되어 현 도서정가제 정책을 적용받는다. 이 상황이 불합리하다는 지적이다.

지난해 통계청 자료에 의하면 우리나라의 독서 인구는 해마다 감소하고 있다. 활자 이외 매체의 발전 속도에 따라서 이러한 감소세는 앞으로도 지속될 것이라고 통계청은 분석하고 있다. 2018년의 연구보고서를 봐도 사람들이 독서하지 않는 가장 큰 이유는 '시간이 없어서'(19.4%)이다. 즉 책값이 비싸서가 아니라, 스마트폰을 포함한 디지털 기술이 발전하고 일상이 바빠서 독서를 하지 못하는 것이다.

무엇보다도 종이책은 온라인으로만 구매와 유통이 가능한 전자책과 엄연히 다른 매체 환경에 놓여 있다. 전자책은 종이책보다 가격이 더 저렴하다. 전자책을 종이책과 비교하면서, 기존의 이점들(가격, 접근성, 파급력 등)은 그대로 누리고, 종이책 가격마저 끌어내리려는 시도야말로 불합리하다.

책은 상품이지만 그 가치를 돈으로만 환산할 수 없다. 인류의 축적된 자산인 책마저 시장 논리 속에서 무제한의 가격 경쟁에 내몰린다면 참담한 일이다. 책은 공공재로 간주되어야 한다. 책 덤핑과 할인율을 규제하는 현재의 도서정가제를 지지하는 이유이다. 온라인, 즉 디지털 플랫폼으로 삶의 방향이 이동하는 건 '정해진 미래'임에 틀림없다. 그럼에도 불구하고 종이책의 질감과 감촉과 향기를 선호하는 책 소비자들은 여전히 존재할 것이다. (2020.9.10.)

친환경 실천을 위하여

코로나19 확산 이후 기후위기와 환경오염에 자연스럽게 관심을 갖게 되었다. 갑작스럽게 닥친 전염병 시대를 살아가면서 일상에서 탄소발자국을 줄이는 일이 무엇보다도 중요하다는 사실을 깨닫게 된 것이다.

최재천, 장하준 교수를 비롯한 국내 석학 6명과의 인터뷰를 모은 책 『코로나 사피엔스』에 의하면, 코로나19 백신이 보급되더라도 머잖아 또 다른 바이러스가 찾아올 것이고, 따라서 우리는 예전의 일상으로는 결코 다시 되돌아갈 수 없다. 생태계 파괴로 인한 지구온난화와 기후 이변이 계속되는 한 신종 바이러스는 앞으로도 계속 생겨난다는 것이다. 그러하기에 지금 당장 코로나19를 제압하는 것도 중요하지만 이제부터라도 자연을 최대한 보존하면서 생태적 삶의 태도로 일상을 전환하는 게 보다 근본적인 해결책이라고 이 책의 석학들은 조언한다.

나의 탄소발자국을 줄이는 일, 즉 생활습관을 생태적으

로 바꾸는 건 쉬운 일이 아니다. 인식과 실천 사이의 간극은 밀고도 밀다. 미리로는 각성히면서도 손받이 제대로 따라주지 않는다. 나의 경우 장바구니와 텀블러 사용하기, 육식 줄이기, 반찬통 가져가서 포장음식 담아오기 등은 꾸준히 실천하는 편이다. 하지만 여전히 계단이 아닌 승강기를 이용하고, 샴푸와 세제 등 화학성분 제품을 애용하며, 세탁기, 청소기, 식기세척기 등 문명의 이기를 사랑한다. 편의와 효율성을 우선시하는 삶의 태도를 바꾸기가 정말 어렵다.

"내가 누린 편의가 전 인류에게 민폐가 된다."

환경운동가로 활동하는 콜린 베번이 『노 임팩트 맨』에서 쓴 문장이다. 이미 10여 년 전에 그는 뉴욕에서 가족과 함께 환경에 영향(임팩트)을 주지 않는 친환경 생활방식을 실험했고, 그 지난하고 흥미로운 좌충우돌 과정을 『노 임팩트 맨』이라는 제목의 책과 다큐멘터리로 남겼다. 그의 친환경 실험은 극단적이었다. 일회용품은 모조리 끊고, 포장된 제품은 사지 않으며, 종이(화장실 휴지 포함) 대신 천이나 손수건을 사용하고, 화석연료(대중교통) 및 전기 사용을 중단하고, 속옷과 양말 이외의 새 옷을 사지 않고 일 년 동안 생활했다. 그는 책의 한국어판 서문에서 이렇게 말한다. "여러분도 나처럼 노 임팩트 맨이 될 필요는 없다." 그리고 덧붙인다. "하지만 전 세계적으로 더 나은 생활방식을 찾는 일에 여러분도 동참해주었으면 좋겠다."

기후위기와 환경오염에 대한 책임을 누군가에게 묻는 건 모호한 일이다. '숨만 쉬어도 이산화탄소를 배출하는' 우리 모두에게 연대책임이 있기 때문이다. 하지만 부유한 사람들이 더 많이 책임지고 기후변화 저감 비용을 지불해야 한다는 건 분명해 보인다. 대기과학자 조천호에 의하면 개인 단위로 볼 때 전 세계 상위 10%가 온실가스의 50%를 배출하며, G20 국가들이 세계 온실가스의 약 80%를 배출하고 있다. 사회경제적 정의와 불평등의 관점에서 기후변화에 대처해야 하는 이유이다.

환경전문가들이 이구동성으로 강조하는 기후변화 대응책은 2050년까지 탄소 배출을 '0'으로 만드는 것이다. 대기 중 탄소 배출량과 흡수량을 같은 상태로 만들어서 순배출량을 제로로 만든다는 것인데 요즘 자주 접하는 '2050 탄소중립' 또는 '2050 탄소제로'의 의미이다. 작년 연말에 정부가 '경제구조의 저탄소화' 등을 포함하여 '2050 탄소중립 추진전략'을 발표한 건 다행스러운 일이다.

친환경 생활방식으로의 전환은 이제 선택이 아닌 필수가 되었다. 삶에서 진정 중요한 건 무엇일까. 이제부터라도 손수건을 챙기고 계단을 오르며 조금 더 단순하고 무해하게 살아가리라 다짐해본다. (2021.2.4.)

황은덕 소설가의 공감 공부

초판 1쇄 발행 2022년 1월 14일

지은이 황은덕
펴낸이 권경옥
펴낸곳 해피북미디어
등록 2009년 9월 25일 제2017-000001호
주소 부산광역시 동래구 우장춘로68번길 22
전화 051-555-9684 | 팩스 051-507-7543
전자우편 bookskko@gmail.com

ISBN 978-89-98079-46-8 03810